MAINS, FILS, CISEAUX

La rencontre
Dirigée par Anne Bourguignon

La rencontre est une histoire qui nous appartient.

Norbert Czarny

MAINS, FILS
CISEAUX

arléa
16, rue de l'Odéon, 75006 Paris
www.arlea.fr

DU MÊME AUTEUR

Les Valises, Lieu Commun, 1999 (épuisé)

L'auteur et l'éditeur remercient
chaleureusement Jean-Luc Bertini.

ISSN 2491-8261
EAN 9782363083234

À Dora,
à ses petits-enfants

Voix

Écrire comme avance dans la nuit la voiture blanche dont il parle si souvent. Il est allongé dans le lit qu'il ne quitte presque plus et il conduit. Des mots reviennent, parfois des phrases, souvent rien, des bribes, des filaments, ce qui reste des rêves au matin.

Il avance, il s'éloigne, bientôt il partira. Le lit restera vide.

Et elle sans voix.

Tout est tissé de sons, de bruits, de paroles, de mélodies. Je marche, un casque sur les oreilles, passe de Barbara à Bowie, de Schumann à Charles Trenet. Les années défilent, les époques, les lieux dans l'ordre ou non, c'est sans importance.

Il raconte. Il raconte que son premier ami s'appelait Mateusz. Un canari que ses parents lui avaient offert pour ses six ans.

Chaque matin il s'approchait de la cage et Mateusz chantait.

Ailleurs, dans une autre pièce où se tenait la famille réunie, une voix s'est mise à vociférer et vociférer, et promettre l'Apocalypse, la destruction de tous les ennemis.

Peu après, son premier ami, le petit oiseau jaune, n'a plus été. Il l'a retrouvé sans vie sur le fond de la cage.

Il raconte. Il est assis devant sa machine à coudre et il a appuyé sur le bouton « ON » de son petit cassettophone.

Le soleil entre tôt dans la pièce aux murs blancs. Cet atelier, le dernier où il aura poussé sous l'aiguille des pièces de tissu, est son refuge. Il s'y tient à l'écart et me parle. Je suis très loin de lui, il est avec moi. Où que nous soyons, lui et moi, aussi éloigné que je me tienne, il est près de moi. Il ne peut pas ne pas me parler.

Il raconte. Les souvenirs défilent sur la bande magnétique. Dire, conduire un récit, il sait le faire, il aime. Comme guider l'aiguille. Ou tenir le volant de la voiture blanche. Il ne lâchera jamais. Il sait que je suis assis près de lui, passager présent depuis toujours, et pour longtemps.

Sa voix. Je ne sais pas la décrire, la définir. Si je dis qu'au téléphone on s'est souvent adressé à lui en disant « Bonjour madame », j'approche une vérité. J'ajouterai qu'il garde une voix juvénile. On lui donnerait trente ans, à peine plus. Un léger accent laisse penser qu'il est originaire de l'Est. Mais quel Est ? Des clients, dans son pressing, lui disent que c'est l'Alsace. Il ne dit pas non. D'autres ont entendu des Roumains prononcer comme lui. Il ne dit pas non. Chacun entend ce qu'il veut, et c'est bien.

Il parle de nombreuses langues. Peu après leur première rencontre, il a voulu séduire son amoureuse en jonglant avec l'une et l'autre. Un « crâneur » a-t-elle pensé. Elle l'a aussitôt aimé.

Il parle le polonais de son pays natal, de ses parents, de ses amis, du prêtre qui sans doute dirigeait l'école. Il parle le yiddish. Il a entendu l'allemand que son père pratiquait à Berlin lorsqu'il apprenait son métier de tailleur. Il entendra et obéira à cet allemand hurlé, cet allemand devenu langue de la destruction, langue traduite en insultes, en gifles et en coups.

Il apprendra l'anglais, ou plutôt cet américain à la fois triomphant et désinvolte qu'on parle entre deux bouffées de Camel ou en mâchant un chewing-gum.

Il apprendra le français pour dire à celle qu'il aime les mots qui comptent.

Il apprendra l'hébreu, assez en tout cas pour acheter une glace, un saucisson ou des tranches de pastrami.

Des rudiments de russe aussi, pour deviser avec les vieux copains du *Country*, « héros de l'Union soviétique » et tenants du hareng-vodka matinal.

Quand il téléphone à ses sœurs (l'appareil est installé dans le couloir), il baisse la voix et parle polonais. Ce sera la langue des secrets. Elle restera impénétrable. Ni son épouse (il emploie ce mot entre guillemets) ni nous (ses enfants) n'en dirons jamais un mot. Aujourd'hui encore, je ne sais pas trop bien ce que cette langue et ce pays représentent dans ma vie. Rien, ou trop.

Il aime parler, converser, il a du mal à s'arrêter. Il n'y aura que l'âge et la maladie pour l'empêcher de raconter. D'abord le flux sera ininterrompu, confus, comme une voiture qu'on ne maîtrise plus sur la chaussée vide et cahoteuse d'un pays inconnu.

Bientôt les phrases s'éparpillent, se raréfient. Il perd le sens de l'orientation. Il ne sait pas où il est, ne reconnaît pas le paysage. Il ne peut plus quitter le siège. C'est maintenant un lit médicalisé contre les parois duquel il frappe, prisonnier impuissant.

Il passe des jours entiers sans dire un mot. Quand il parle, nous l'écoutons comme l'oracle. Nous ne savons pas où il est, qui l'accompagne.

Un jour il s'en va. C'est le matin.

Une autre voix résonne. Dans quel espace ? Quelle pièce ? Quel recoin du souvenir ? Je ne suis pas encore là et elle n'a pas l'âge d'être ma mère.

« Mademoiselle Swing », chanson d'Irène de Trébert, ritournelle que j'écoute longtemps après elle qui l'a écoutée, chantonnée peut-être. La ville où elle marche est une forêt remplie de pièges, de monstres, de bêtes hostiles. Ce pourrait être une histoire pour enfant, un conte du soir, avec une fin heureuse quand le chasseur sauve de la mort la fillette. Mais non, ce sont des murs gris, tapissés ici et là d'affiches condamnant à mort de jeunes hommes. Des soldats qui patrouillent. Des femmes, des vieillards ou des enfants qui essaient d'échapper aux regards qui scrutent la tache jaune et géométrique qu'ils portent sur le cœur. « Mademoiselle Swing » chante Irène de Trébert. Je l'entends encore, comme j'entendrai « Le P'tit Coquelicot » que, jeune mère, elle aimera tant chantonner, pour moi, pour elle, pour sentir que le bonheur est possible.

Elle s'est remise à chantonner, sans plus raconter ce qui n'a cessé de la tourmenter, toute sa vie durant. Lorsqu'elle tournait les pages du *Mémorial de la Déportation des enfants juifs de France*, l'énorme volume qui rassemble les noms et les photos des enfants disparus, elle reconnaissait un visage, un autre. Elle plaçait alors des bouts de papier déchirés, sa façon à elle de poser des cailloux sur les tombes qu'ils n'auraient jamais.

Un jour, elle me l'a donné ce livre, je n'ai pas trop compris pourquoi. Je le lui avais souvent demandé ; elle avait toujours refusé. Ce jour-là elle s'était assise près de son chauffeur au volant de la voiture blanche. Il n'allait pas tarder à démarrer pour une ultime et longue virée. Elle s'était déjà mise en chemin.

Les temps sont brouillés. Le présent s'absente. Pour le meilleur, ai-je envie de dire. Une sorte de fièvre est tombée, qui les unissait devant l'écran de télévision, face au monde trop vaste et brutal pour eux. Des instants du passé revenaient. Leur saveur était fanée. Et la blessure refermée.

Elle chantonne parfois et je la trouve souvent joyeuse. Mieux : insolente, gouailleuse. C'est enfin une enfant. Betty et moi sommes ses parents raisonnables.

Rendez-vous

Avant l'hiver 2016, en entrant dans la cuisine où mon père officiait encore, préparant pour son épouse une soupe de légumes ou un verre de thé, fixé sur le mur de gauche par une punaise non loin d'un téléphone filaire qui sonnait rarement, on remarquait le calendrier.

Rien n'était plus important. Ma mère y inscrivait tout, des anniversaires aux rendez-vous médicaux, lesquels remplissaient de nombreuses cases. Pour une même journée, elle pouvait en inscrire plusieurs. Elle se rappelait aussi qu'un jour d'anniversaire, par exemple le très riche 18 octobre, son mari irait faire une prise de sang. Les deux événements se faisaient écho et trois fois, ce jour-là, elle souhaiterait à un petit-enfant de vivre en bonne santé jusqu'à cent vingt ans.

L'état de ma mère s'est dégradé sans qu'on s'en rende compte. Ou bien c'est la hiérarchie des événements qui a été bouleversée. Des dates étaient cernées de rouge ou de bleu, rien de très cohérent, elle avait attrapé le premier stylo venu, inscrit des noms. Seule une croix fine barrait deux jours, souvent distants d'une grosse semaine. Sur une date, en gros, on lisait mon prénom. J'arrivais, je repartais.

Longtemps elle ne m'a pas interrogé sur le jour de mon départ. C'était inscrit sur le calendrier, et le lendemain elle irait chez la pédicure, Boaz l'acupuncteur, ou le coiffeur. Non, pas le coiffeur. Lui, son fidèle Haïm, elle le verrait toujours avant que je ne n'arrive pour qu'il lui fasse une teinture, une permanente ou une mise en plis. La pédicure donc. Mince consolation.

Ma mère est tombée en janvier 2016 sur le sol inégal d'une allée menant à l'immeuble où vivait sa fille. Elle a perdu connaissance, a saigné, son mari s'est affolé, on l'a conduite aux urgences, elle a été soignée, a retrouvé ses esprits. Le rendez-vous avec le psychogériatre a permis un diagnostic plus sûr, plus clair. Le pas de côté était un grand pas de travers.

Des mois durant elle s'est perdue, a manifesté des troubles qui inquiétaient ou choquaient celui qui ne la quittait jamais.

Près d'elle, il n'avait connu ni grisaille ni crépuscule.

Le calendrier, qui avait toujours été sur le mur de la cuisine, a vu les rendez-vous s'évanouir peu à peu : plus rien chez Boaz, le mage, conseiller occulte et acupuncteur, plus d'oto-rhino, de cardiologue et de rhumatologue, plus d'« orthopède » ni de docteur Shiloah, généraliste qui ne se déplace jamais à domicile et ausculte de son fauteuil. Plus de dates. C'est tout juste si on voyait un 6 avril, un 20 mars ou un 26 mai entouré du trait bleu du jour d'anniversaire. Une croix par-ci par-là donnait le sentiment qu'on avait débuté une partie de morpion sans espoir de gagner. Ma mère n'écrivait plus en rouge sur ces pages quadrillées et elle ne me demandait plus de calendrier des postes, avec chiens, chats ou paysages de montagne (« Sans la neige de préférence : tu sais que j'ai toujours détesté la neige »).

Elle a pourtant conservé un calendrier. Écrit en trois langues : hébreu, anglais et russe. De sorte qu'elle aurait pu apprendre l'alphabet cyrillique et savoir comment on écrit *Tuesday* ou *December* à Saint-Pétersbourg ou Kazan. Mais elle s'en fiche. Comme elle se fiche des trois chatons décoratifs, et des horaires du culte en diverses localités du pays. Elle tient à son calendrier, le consulte chaque jour, raye au fur et à mesure les jours qui passent, tous engloutis par ce même néant, puisqu'aucun prénom ne signale aucun anniversaire. Non, une simple croix rouge indique que c'est fini, elle a coché, on passe à autre chose, à demain qui sera comme hier, comme aujourd'hui. Les bagnards et les soldats cochent ainsi les jours. Qu'attend-elle au bout de ces jours, personne ne le sait, ou plutôt n'a envie de le savoir.

Je me demande ce que sont devenus Boaz et le docteur Shiloah, et la pédicure russe ou lettonne qui décrivait à ma mère sa vie passée à Leningrad ou Riga. Haïm coiffe toujours dans son salon.

Les médecins qui suivaient mon père remplissent avec d'autres patients les créneaux qu'ils lui réservaient.

J'ai longtemps voulu faire confiance au calendrier, aux dates en général, à tous les repères temporels. J'ai voulu faire confiance aux noms, aux faits, aux événements qui mettaient en lien l'histoire des miens et celle orageuse, tempétueuse, chaotique, qui agitait le monde. J'étais persuadé que seule la précision fait la vérité. J'y ai renoncé.

Tout ce que j'écris flotte dans le temps, dérive. Jusqu'à disparaître. Au calendrier, je préfère maintenant l'éphéméride, son humilité et sa franchise. Rien ne dure, et j'arrache une à une les pages, je ne les tourne plus. Il ne restera pas grand-chose ; ça me suffit. L'essentiel est de ne pas manquer le rendez-vous avec mes fantômes.

Froid

Elle habitait rue Pasteur, une unique chambre, je crois. Ou peut-être deux pièces puisque son père n'avait pas encore été convoqué salle Japy. Cet hiver-là a été le plus froid du demi-siècle. La nuit semblait interminable, le couvre-feu n'arrangeait rien. La fenêtre fermait mal. La tête du lit était collée au mur. Des flocons de neige tombaient sur son visage.

Du côté de Montmartre, de Chaillot, sur le cours Albert Premier, les Parisiens circulaient sur des skis. Des luges dévalaient les pentes. On voyait aussi des véhicules sans âge et sans toit, posés sur des patins. Un cheval les tirait. Dora était privée de ces réjouissances et ça ne la gênait pas. Elle a toujours haï les sports d'hiver et le froid.

Nous étions dans le salon, chez moi, assis dans les fauteuils, Mathias, mon père et moi. Nous avions oublié l'heure. C'était la nuit, il racontait le mois d'août 44, cette soirée du 4 et ce qui avait suivi. Les familles tsiganes, laissées unies jusqu'au bout, traversaient l'allée principale vers la fournaise. Il s'est désaltéré.

« Auschwitz, c'était le paradis. »

Mathias a sursauté. Moi aussi. Nous attendions la suite. Il a ménagé son effet.

« À Auschwitz, en été, on ne souffrait pas du froid. L'enfer, je l'ai découvert à Dachau. On ne mourait pas de la même façon : le froid nous exterminait. »

Et puis un trop long hiver 44-45. Le printemps arrive tard. Pour lui, le 28 avril.

Dans sa ville natale, il sortait emmitouflé, joyeux, la paire de patins à la main, retenue par les lacets. Il retrouvait les copines, les copains, les voisins, sur un étang gelé. C'était la nuit, un lampadaire parfois les éclairait. Il raconte ce moment d'enfance sans autres détails (devrait-il évoquer ses cousins ? prononcer leurs prénoms ?). Il file sur la surface lisse.

Est-ce cette image qui lui revient quand dans son lit médicalisé il marmonne dans sa langue maternelle, ce polonais, que lui seul désormais comprend ?

Liliane, la grande amie de ma mère, sa confidente, qui s'était considérée pendant plusieurs années comme « sa sœur » – autant que celle des cinq autres filles avec qui elle avait grandi –, Liliane ne quittait jamais le bonnet de laine qui cachait ses cheveux. Enfant, je regardais cela avec étonnement. Ce n'était pas qu'elle eût honte de sa chevelure, nulle pelade ou calvitie précoce : depuis juin 44, elle avait froid.

Quel jour était-ce, elle ne sait plus, des voisins lui ont appris que le garçon qu'elle aimait avait été pris et emmené au commissariat voisin, près de l'avenue Ledru-Rollin. Elle était sortie aussitôt de chez elle, rue de la Folie-Méricourt, et s'était rendue passage Charles-Dallery. Sur sa veste, elle portait l'insigne jaune, cousu dans ses six points, solidement. Les policiers de faction avaient consulté le commissaire. Je suppose qu'il avait demandé à deux sous-fifres de l'accompagner chez elle pour qu'à la hâte elle remplisse sa valise. Un peu d'argent, quelques bijoux lui tenant à cœur. Elle voyagerait avec son amoureux, promis, après un transit en banlieue. Elle n'a pas pris de couvre-chef, pas de bonnet de laine.

Le voyage a été pénible. La suite plus encore. Tatouage, corps et crâne rasés, le reste. Tout le reste. Un été continental caniculaire, puis un hiver sibérien.

Jusqu'à sa mort et où qu'elle soit, même en plein été sur ce rivage de la Méditerranée que son mari et elle ont élu, elle garde le bonnet vissé sur ses cheveux noirs.

Est-ce le froid ou la mort qu'il faut craindre d'abord dans ce camp de Kaufering, satellite de Dachau ? On est bien au-dessous de zéro. Dans les allées, entre les baraquements enfouis sous terre (ils ont servi auparavant d'abris antiaériens), les cadavres gèlent.

Un préposé au ramassage tire une charrette, s'arrête, empile des corps. Une silhouette passe, monte dans la charrette, se couche.

Mon père raconte : il l'a vu, l'a reconnu. C'est Abraham Engelstein. Ils sont arrivés par le même convoi. Leurs noms figurent sur la même liste d'entrants, à quelques lignes d'écart.

Il s'approche de son compagnon. Tous deux en haillons. Et je me demanderai toujours comment on supportait ce climat polaire. La différence entre eux, c'est une calotte rayée en toile rêche. C'est mon père qui la porte. Il la tend à Engelstein qui n'a plus envie de la prendre. Mon père la lui met sur le crâne, tient le visage émacié de son compagnon entre ses mains. Il parvient à le faire descendre de ce tombereau funeste, que son conducteur tire vers quelque fosse commune.

Le calot d'Engelstein, ils ont dû en reparler tous les deux, ayant survécu, bien des années plus tard. Une institution avait réuni d'anciens déportés pour un rassemblement avec discours (« Plus jamais ça », assaisonné de pathos et de médailles du souvenir, avec accolades à l'entrée et au dessert). Engelstein gardait sur le visage les stigmates de la tristesse. Il remerciait son vieux compagnon de Kaufering de l'avoir fait descendre de la charrette des morts. La bonne humeur de mon père, sa vivacité communicative laissaient naître un sourire, un pauvre sourire.

Mon père racontait : ses balades sur la plage, l'atelier de confection dans la pièce remplie de lumière, son fils professeur, sa fille si pleine de vie, le petit-fils qui ne tenait pas en place.

Engelstein a perdu le fil. Il ne pouvait pas entendre certains mots. Et malgré la chaleur qui règne dans le pays de leurs rêves (de survivants), il a comme tremblé de froid. Avant d'arriver à Kaufering, il avait servi de cobaye dans le bloc des expérimentations d'Auschwitz. Sans enfants il aurait à jamais froid.

« *Schnee, schnee…* » Ce mot que Mémé, ma grand-mère maternelle, ce mot qu'elle répète sur son dernier lit, à l'hôpital, est-ce que je l'entends ? Est-ce que je l'imagine ?

Il la transforme en comtesse viennoise, elle circule dans un carrosse tiré par des chevaux blancs empanachés et traverse le Prater, elle croise des tilburys, des phaétons, des fiacres. Les belles dames sont enveloppées dans des manteaux d'hermine. Et la neige, loin d'accabler Mémé, est un élément essentiel du décor où se déploie sa légende.

Elle ne connaît pas le froid. D'ailleurs dans cette chambre ultime, on voit les eucalyptus et des pelouses bien tondues, d'un vert vif. Décembre touche à sa fin, elle quittera ce monde un soir de Saint-Sylvestre, ou au début d'une décennie qu'avec un enthousiasme de circonstance on annonce « branchée ».

A-t-elle oublié la bourgade de Galicie, la chaussée boueuse, la nuit sans fin, les hordes de cosaques, les troupes austro-hongroises, la fuite vers le cœur de l'Empire vacillant, Leopoldstadt, les taudis surpeuplés, l'orphelinat comme un refuge ? Elle se souvient des hivers, des étés, mais du froid, non, pas du froid.

Seulement la neige.

Ma mère, fille de cette orpheline, aura souvent froid. L'absence des êtres chéris la fait frissonner et trembler.

Couleurs

Le jaune du canari Mateusz contraste avec le noir des terrils, le gris des façades décrépites, poudrées de suie, lézardées. La cour de l'immeuble laisse à peine entrer la lumière. Mais qu'est-ce que la lumière en cette région d'Europe qui connaît les longues et glaciales nuits d'hiver ? J'ai du mal à me figurer les aubes printanières, les jours d'été et les automnes qui flamboient dans la campagne environnante.

Il ne parle pas de campagne, et si lumière il y a dans ses récits, c'est le faisceau qui illumine l'écran de cinéma, chaque dimanche après-midi avec ses copains, ses cousins, une sœur aînée peut-être, ou sa cadette. Les films sont en noir et blanc mais, de la jungle touffue où Tarzan vole d'arbre en arbre ou des plaines arides traversées par le galop des cow-boys et des Indiens, il distingue chaque couleur. Elles sont aussi vives dans son souvenir que les visages de ceux qui lui sont chers.

D'abord il a entendu les éructations menaçantes à la radio, et les applaudissements de foules électriques, puis il a vu le vert-de-gris des uniformes, le noir étincelant des soldats arrogants au sommet des tourelles de chars. Des hommes sont arrivés, le torse sanglé dans des manteaux de cuir. Ils ont pris leurs quartiers dans les plus belles villas, expédiant dans des périphéries boueuses les propriétaires qui n'avaient pas su fuir.

Il raconte que son père, tailleur diplômé à Berlin, avait eu le privilège de garder un temps son atelier ouvert. Les conquérants appréciaient les ouvrages de qualité. Il était passé maître dans l'art de la culotte de cheval. Plus que tout, il savait monter un costume, l'assembler, le terminer, avec au poignet la boule remplie d'épingles. Son geste est rapide et sûr. Schéhérazade sauve sa vie en peuplant ses nuits d'histoires. Lui, il retarde le moment de fermer l'atelier avec des culottes de cheval.

Le brassard est blanc, marqué d'une étoile bleue. Mon père doit le porter dès qu'il sort. Il a quatorze ans, il balaie les rues, dégage la neige qui tombe, vers la fin de l'automne, pour épargner cette corvée à son père. Un jour, il va nettoyer la salle de concert. Les musiciens et les chanteurs répètent *Lohengrin*. Il s'arrête pour écouter. Un coup violent sur la nuque lui rappelle son état : il n'a pas le droit d'entendre la musique. Il n'en est pas digne.

(Il n'a pas exprimé de réticence lorsque adolescent j'ai acheté un disque avec l'ouverture de *Tannhäuser*. Il aimait d'abord la musique.)

Plus tard, il apprendra à travailler le fer blanc dans un atelier quelque part en ville. À la descente du tram, il est pris dans une rafle, enfermé dans un bâtiment qui pue la Javel. Quittant sa ville natale – pour toujours, mais il l'ignore –, il se débarrasse du brassard à l'étoile bleue. Mais cela ne le libère de rien.

Le gris des façades, le noir du charbon, les longues nuits hivernales. Je reviens en arrière, et paradoxalement, aux plaisirs de l'enfance, longtemps après. Quand la voiture blanche traverse les paysages, tous les paysages d'une existence qui s'achève.

Assis dans le fauteuil roulant, il a les yeux fixés sur l'écran du téléviseur. Nul ne sait ce qu'il voit ni ce qu'il éprouve. Nous savons seulement que le patinage artistique l'émerveille. Aucun sport ne l'intéresse sinon celui-là. Et il aime la neige. Enfant, il profitait de la moindre surface gelée pour glisser, aller, venir, se perdre en arabesques. Rarement seul : les cousins comme toujours étaient là.

Les cousins. Premiers morts.

Il ne peut pas raconter, pas dire leurs noms.

Noms, dates, lieux : je préfère m'en tenir à des éclats, des fragments, que porte la voix de mon père. Je chercherai les arcs-en-ciel. Il a l'art de les faire naître.

Mon père est toujours élégant, garde le goût des cravates, des chemises et des polos. Ses placards en sont remplis. Quand il sort de son immeuble dans la rue écrasée par la chaleur humide de cette banlieue née du sable, il reste celui qu'il était à Paris, le teinturier des beaux quartiers au service des ambassadeurs, hauts fonctionnaires, académiciens et gens à particule. Il se rend donc, vêtu comme le monsieur qu'il tient à rester, chez les boulangères du quartier qui échangent avec lui quelques mots en russe.

Dans les dernières années, nous avions compris qu'il perdait pied, il ne sortait plus ni ses Lacoste ni ses cravates. Un jogging marron informe, un maillot de corps, des Crocs aux pieds, il restait vissé à son fauteuil roulant, maugréant et marmonnant, poussé par un assistant de vie moldave ou philippin.

De lui j'ai conservé deux chemisettes bleues – l'une je la lui avais offerte, et je me souviens de ma mère protestant comme toujours qu'il en avait trop. Il n'avait guère eu le temps de la porter. Sur certaines photos des derniers mois, il est vêtu d'une chemisette blanche. C'est un jour de fête, son anniversaire, je crois. Betty l'enlace. Il est encore là.

La couleur qui les unit, son amoureuse et lui, c'est le blanc. Le blanc de la robe de mariée, et celui de sa chemise à lui, ce jour-là.

Pour des raisons que j'ignore et que je ne veux pas connaître, je vois sur les lèvres de la jeune fille (elle n'a que dix-sept ans et s'est fait émanciper) du rouge à lèvres. Porte-t-elle le même rouge aux ongles ? Aux orteils ? Je ne le crois pas (ou je ne le veux pas). Ça coûte bien trop cher pour ces deux pauvres orphelins. Orphelins : ce n'est pas du mélo. C'est un fait, un état.

La suite de leur histoire, sous le ciel de la Méditerranée, sera blanche comme les murs des immeubles au Mont Carmel, comme la lumière aveuglante de ces mois de l'hiver 1949 passés loin de France. Il voulait rester dans cette ville portuaire ; la rumeur des cargos et paquebots en musique de fond. Il aurait aimé voir là grandir les enfants qu'ils y auraient conçus.

Elle a voulu rentrer en France, retrouver sa mère pourtant si égoïste. Elle était enceinte. Tout leur était promis. Seule la mer tempétueuse sous un ciel gris effrayait la jeune femme. Les couleurs allaient changer.

Si la voiture blanche ne cesse de filer et de l'emporter, j'en vois deux autres dans le garage de mes souvenirs. La Simca Aronde Étoile Super 6 d'un bleu radieux, à l'image de ces années 1960 habillées de « progrès », d'« avenir », d'« enrichissement », de consommation sans frein ni fin. Avant, j'ai connu une 4CV bleu pétrole, une autre noire. Après, il y aura l'Estafette Renault, avec six sièges. Je ne me rappelle pas la couleur d'origine. Mon père installe deux tringles, précieuses pour ses livraisons, et il la fait repeindre pour qu'on la reconnaisse partout. (Il n'aura plus le droit de descendre l'avenue des Champs-Élysées.) La couche de fond est mauve. L'enseigne « Kléber Pressing » s'inscrit en lettres dorées.

Nous partons en Sologne, dans le village qui servit de refuge à ma mère en 1944. Pour des raisons que j'ai oubliées, nous nous retrouvons dans une sorte de château comme on en voit dans la région. Le propriétaire a organisé une grande partie de chasse. Des flambeaux illuminent le tableau final, au crépuscule. Les habitants du coin, enrôlés comme serviteurs, ont aligné les bêtes. Une quantité de perdrix, canards ou lièvres. Des pièces plus imposantes, dont un chevreuil ou un cerf. Parmi les chasseurs, on se congratule. Le son du cor va retentir, solennel.

Soudain, dans cette soirée soigneusement orchestrée, un véhicule fait tache dans le décor. L'Estafette bariolée, siglée « Kléber Pressing ». Le châtelain, grand seigneur, propriétaire d'une entreprise de blanchisserie autrement plus prestigieuse, demande que son « confrère » déplace sa camionnette. Mon père s'exécute, avec le sourire.

Ce soir-là, je me le rappelle, une D.S. était arrivée. Celui qui la conduisait, un ex-ministre des finances, deviendrait bientôt président de la République.

À l'improviste, au débotté, quand je ne l'attends plus, c'est elle qui lance un «Ah bon, je t'ai jamais raconté ? », l'air de rien. Là, il s'agit de sa robe de mariée. Une de ses robes puisque mes parents ont connu diverses circonstances, religieuses ou civiles, pour dire oui à un officiant. Cette robe, elle la porte sur la photo que j'ai gardée. Je ne sais pas si l'original est dans un cadre du salon, ou sur sa table de chevet.

« C'est madame Klarfeld qui m'a donné la robe. Avant de la rencontrer, son mari avait été amoureux de ta tante Ida (la tante vivant après-guerre à Paris). Mais Ida a épousé Henri. Monsieur Klarfeld était déçu. Mais enfin il a épousé cette femme, ils ont eu deux enfants. Il adorait ses filles. Quand la plus jeune apprenait à marcher, tous les passants devaient s'écarter, sur le trottoir devant l'hôtel Moderne. C'est tout juste s'ils avaient le droit d'y circuler. Madame Klarfeld, elle, s'est suicidée. Elle s'est pendue. »

Ma mère n'ajoute rien, pas même un soupir, un *nebekh* qui dirait le malheur avec un geste d'impuissance.

Incidemment, comme souvent, elle m'apprend que monsieur Klarfeld était avec mon grand-père à La Matelotte, une dépendance de Pithiviers. Et à Auschwitz où ce dernier lui aurait livré en guise de testament : « Tu diras à ma femme de se trouver un bon mari, quelqu'un pour aimer et élever notre fille. »

Ateliers

Il ne voulait pas que nous dévissions un porte-cintres mural, sur lequel il accrochait quelques vêtements. Il y avait là son blouson, une ou deux chemises (repassées ou à repasser), un pantalon tenu fermement par les pinces du cintre maintenant le pli rectiligne.

Il aurait aimé que rien, pas un placard, pas une armoire, ne soit démonté et ne sorte de cette pièce.

La lumière entre à peine – que l'espace soit exigu et le mobilier aussi laid qu'encombrant, il n'en avait rien à faire. Cette chambre qui fut longtemps son atelier, c'était chez lui. C'était son refuge, sa thébaïde. Plus, sans doute, que le fauteuil relax du salon dans lequel il s'assoupissait, le journal à la main. La machine à coudre, il l'avait vendue depuis longtemps. Qu'importe. Son fourbi restait là, dont la caisse à outils, les bocaux remplis de boutons, les bobines de fil et tout le matériel nécessaire à cinquante ans de confection pour dames.

Ma mère, la première dame, s'en moquait. Et plus encore, tandis que nous vidions cette pièce qui deviendrait sa chambre pendant plusieurs mois. Une chambre baignée de lumière, d'une lumière plus vive qu'à l'époque où il racontait face au micro de son cassettophone, dotée d'un lit, d'une table de chevet et d'une lampe que j'avais tenu à choisir et à offrir. Un vieux secrétaire apporté de Paris servait à ranger papiers et médicaments, devenus nombreux. Une petite armoire vitrée renfermait des livres qui vieillissaient mal. Ils ne bougeaient plus de l'étagère.

Ma mère s'est emparée de la chambre. Elle y entrait rarement avant, et quand elle le faisait, elle était la première accusée s'il ne retrouvait pas un tournevis, des ciseaux crantés, le thermos ou les Tupperware indispensables pour aller au *Country*. Elle connaissait les coups de sang de ce compagnon au tempérament vif. Ça redescendait aussi prestement que c'était monté.

Je la revois s'allongeant sur le lit de cent vingt que nous venions de préparer. Elle était si menue, ayant perdu les quelques kilos qui n'avaient jamais été de trop, qu'elle semblait vaciller à chaque instant. Une fragilité d'oiseau malade.

Tout avait commencé quelques mois plus tôt par la chute sur le chemin dallé menant à l'entrée d'immeuble, chez Betty. Le mal était plus profond que l'hématome et la blessure au crâne. Elle venait de tomber dans une forme de sénilité. On avait prononcé le mot de démence. J'imaginais des moments de déchaînement, sans contrôle possible; c'était là terme clinique, un état de fait. Mon père ne comprenait pas. Il ne comprenait rien, il refusait de toutes ses forces ce qui arrivait. Elle se rétablirait, elle reprendrait du poids, elle cesserait de le réveiller au milieu de la nuit pour qu'il prenne aussitôt un médicament prescrit au petit déjeuner. Elle arrêterait d'engloutir la nuit dans la cuisine les boissons chocolatées énergisantes que le médecin lui avait recommandées. Mon père ne savait plus quoi faire, confronté aux conséquences. J'étais complice du cauchemar dont il m'accusait. Je faisais le dos rond, comme si, à son ordinaire, il avait cherché un tournevis, les ciseaux crantés ou un thermos. Allongée, pâle, défaite, ma mère sortait de notre circuit. Malgré la belle lumière qui inondait la chambre.

J'ai grandi dans l'atelier de mon père. Pas le dernier, celui de ses trente-sept années dans le pays au permanent ciel bleu, où, selon lui, « on trouve tout ». Non, dans l'atelier de mon enfance en banlieue de Paris. Les douves du château local avaient été un lieu fatal pour le duc d'Enghien.

J'ai grandi dans l'escalier en colimaçon. Je m'asseyais sur une marche, je regardais mon père aligner les pièces de tissu qui deviendraient des jupes, des robes ou des manteaux pour femmes. La machine à coudre avait des crépitements de mitrailleuse. Il s'interrompait quelquefois pour me parler. Il racontait. Derrière lui, madame Arlette faisait glisser l'énorme fer sur le grand carré de la table à repasser. Elle me posait des questions sur mes lectures. Si je sortais d'un album sur la Révolution française, c'était pour entrer dans un autre, consacré à Napoléon. Je n'en voulais pas au futur empereur d'avoir fait enlever et exécuter le duc d'Enghien (assassiner aurait été plus juste). Sautant dans le temps, elle me racontait que lors du siège de Paris, en 1870, les habitants avaient mangé les rats. Elle tenait ça d'une grand-mère, je crois. J'ai entendu et lu bien pire, depuis. Je plaignais sa grand-mère.

J'ai grandi à proximité de la machine à coudre, auprès d'un homme qui n'aimait pas tenir un stylo. Il avait quelque chose d'un aède. Si je lui avais dit ce mot, il aurait souri, étonné ou embarrassé. Il captivait son auditoire. Je préfère la plume, le silence du copiste et je suis très malheureux si je n'ai pas une table pour y poser mon bloc papier. Un bureau me sert de refuge, et peut-être d'atelier.

Nous nous sommes éloignés l'un de l'autre dans l'atelier qu'il avait reconstitué derrière la teinturerie. Côté cour, il accueillait les clients, tous distingués et d'importance, leurs vêtements tachés et leur linge (très) sale. Côté jardin, invisible à ce public huppé, les presses à repasser enveloppées dans une chaude vapeur, les détachants ou dissolvants cancérigènes, l'odeur d'ammoniaque ou autre, et dans un coin, non loin d'une fenêtre donnant sur la cour de l'immeuble, sa Singer ou sa Pfaff indispensables pour les retouches. Elles faisaient sa réputation, elles étaient lucratives.

J'entrais rarement dans cette « salle des machines ». Il m'avait tout raconté et je devenais l'adolescent qu'il n'avait jamais pu être. Je tombais souvent amoureux (il n'en savait rien), je passais mon temps à espérer des signes, à rêver et écrire. Tout un fatras dont on essaie de se défaire, après s'en être délecté en martyr.

Il perdait patience, travaillant trop. C'étaient les années « métro, boulot, dodo ». Il s'épargnait les transports ; nous habitions au-dessus de son pressing. Pour le reste, pas de quartier.

Je me rappelle son soulagement, à la vente du pressing. J'ignore s'il en a tiré un bon prix ; je sais qu'il a gagné des années d'existence. J'étais moi-même soulagé : chacun faisait sa vie en prenant ses distances, à des heures d'avion. Je sentais qu'il serait enfin très heureux.

Mais je ne parviens pas à quitter cette pièce baignée de lumière. Dans le pays qu'il avait choisi pour vieillir et s'en aller (le plus tard possible) il a repris son métier de tailleur. Il a posé un transistor sur une tablette, puis le cassettophone, il chantonnait avec Ella Fitzgerald ou Frank Sinatra, et a glissé sous l'aiguille les pièces de tissu. Il fabriquait des robes (hideuses) caca d'oie, noires ou grises, pour les dames emperruquées.

Heureusement, il avait deux clientes exigeantes et de bonne composition : son épouse et sa fille qui étaient, grâce à lui, tirées à quatre épingles.

Prénoms

J'aime les noms propres. Je les aime trop. Je veux les préserver de façon précise, maladive. Si j'oubliais une consonne, si j'intervertissais deux lettres, le texte s'effondrerait. Je passe des heures à vérifier un nom de lieu ou de personne, comme si rien ne pouvait commencer sans cela. Je prends le risque de me noyer dans les détails. Je sais mal nager.

À Ellis Island, comme dans les bureaux des administrations chargées de l'accueil des migrants, on a résolu la question des noms de famille, comme des prénoms. Les agents se fient à l'oreille, et simplifient. Szprincz, un compagnon de mon père, aurait fini en Printz ou Price s'il s'était installé dans le Queens. Il a préféré sauver ses consonnes, et vivre à Massy-Palaiseau.

Le prénom de mon père est une invention française. Salomon Serge, ce n'est pas lui. L'État Civil a vite fait de lui attribuer ces deux prénoms en 1946. Une fiction comme une autre. En 1964, le *Journal officiel* transformait cette fiction en fait établi. Mon père porterait ce double prénom sur sa carte d'identité et sur son passeport. Au fond, cette nouvelle identité liant la référence biblique et le pays d'accueil, c'était bien pratique. Un prénom issu de l'enfance, et cet autre, donné par le meilleur ami, cela lui allait.

Il est devenu Serge en 1943. Il travaillait au chargement des munitions dans des wagons de marchandises, à la lisière d'un camp de travail forcé. Charles, lui, bourrait de poudre les projectiles. C'est l'ami d'alors et de toujours qui l'avait baptisé Serge. Plus simple sans doute, une courte syllabe, comme une apostrophe. On n'avait pas le temps de se compliquer la vie.

À partir de 1967, on l'a appelé Monsieur Serge. Ses clients du Kléber Pressing étaient curieux. Monsieur Serge ne laissait rien paraître. Il accueillait sa clientèle avec la réserve d'un majordome anglais. Il me faisait songer à Nestor, le vrai maître de Moulinsart, placide quand le capitaine Haddock est tout feu tout flamme. Heureusement, Monsieur Serge n'avait pas dans les jambes un chien pour l'envoyer à terre. Et ne portait jamais de plateau.

J'en sais très peu sur Salomon. Personne ne l'appelait par ce prénom. Son épouse a fait référence un jour au jugement prononcé par un roi biblique. Cette histoire était contée dans mon album sur l'Ancien Testament ; j'avais collé les images dans le cadre prévu. La dernière vignette me surprenait. C'était une sorte de pieux chromo digne de Lourdes ou Lisieux. On y voyait non pas Bernadette ou Thérèse mais le fils de cette Marie qui, dit-on, était apparue aux deux jeunes filles. (Une société évangélique diffusait cet album parrainé par le chocolat Suchard : chaque tablette contenait une image.)

Salomon n'était Salomon que face aux policiers et aux « hirondelles » qui volaient bas, patrouillant avec inquiétude au début des années 1960 : mitraillages et plastiquages les rendaient suspicieux. Serge les rassurait sur Salomon, et son allure de paisible père de famille livrant des robes dans le Sentier plus encore.

Sabbataï Samuel : c'est le double prénom à l'origine de tout. Ses parents le lui avaient donné en juin 1925, le 18 (« Je suis l'homme du 18 juin » restait l'un de ses mots favoris). Son père avait annoncé que s'il devenait père d'une troisième fille, il la déposerait sur les rails.

Ce double prénom francisé a son origine ou sa traduction en yiddish. Je suppose qu'on l'appelait dans cette langue.

La forme yiddish, je la lis sur une liste trouvée parmi de nombreux papiers dans une valisette en skaï noire sur laquelle je reviendrai. C'est la liste d'arrivée au camp, dans l'été 44 : Szabsa Szmul. Il porte le numéro d'entrée 120 150, mais deviendra A 17 602 et devra décliner ce numéro en allemand, sans la moindre hésitation. *A siebzehntausend sechs hundert zwei*. Les numérotations subsistent lors de l'arrivée à Dachau, en novembre. Le double prénom se réduit à Szapsa (le b s'est transformé en p). Il est inscrit comme *Klempner*, « plombier ».

Le prénom de l'enfance ne raconte plus rien ; pour moi, il est Serge, et A 17 602. Mon père, tel que nommé par son fidèle compagnon, survivant.

Presque arrivé en Terre promise, il adopte l'un de ses vrais prénoms, le porte sur ses papiers d'identité et le donne à quiconque l'interpelle : Shmuel. Le juge biblique reprend du service. Je crois qu'il l'apprécie. Il s'y retrouve, s'y reconnaît. C'est simple, limpide ; un seul prénom, aucune équivoque, aucun masque.

Nommer, surnommer, trouver des sobriquets, c'était l'un de ses plaisirs. Il s'y adonnait avec son

« épouse ». Elle était son « assistante » – ce qui n'est pas faux, puisque c'est elle qui s'occupe de la paperasse. Jusque très tard dans leur vie commune, il l'a appelée la *parturiente.* Il employait *Kimpe Turen,* mot yiddish que je ne comprenais pas. Un traducteur me l'a dévoilé : « Votre père était joueur », a-t-il ajouté. La parturiente ne semblait pas s'en étonner. Même si elle connaît mal l'histoire de Sarah, Rachel et autres épouses de patriarches enfantant sur le tard.

Elle entendait aussi « Dola », la façon tendre dont il avait transformé Dora, son second prénom sur l'état civil. Ce Dola, des amis l'employaient, sa mère, son beau-père, et bien sûr son père. Dora avait une autre histoire, et c'est celle que je préfère. Je l'ai apprise incidemment. « Je t'ai pas raconté ? » Et l'air de rien, elle révèle : elle a un temps habité au 41, boulevard Ornano, comme Dora Bruder, la jeune fugueuse du Saint-Cœur de Marie. L'héroïne de Modiano se rebellait, ne supportait pas qu'on l'enferme ; ma Dora préfère l'esquive et la ruse.

Comment Dola ou Dora s'est-elle transformée en Thérèse ? Quand, je le sais : début 1944, en plein hiver, dans la ferme de la Huchette. En Sologne, elle est restée Thérèse au-delà de la mort de madame Mercier, cette fermière qui, en la cachant, lui a sauvé la vie. Thérèse raconte une histoire bucolique. Une histoire qui me convient.

Le « vrai » prénom de mon père, c'est celui qui est écrit sur sa tombe : Salek, un surnom modulé d'un diminutif affectueux, de ceux qu'on emploie dans sa langue sinon maternelle, du moins celle du pays qui l'a vu naître. Salek. Ainsi l'appelaient son amoureuse, ses sœurs, ses amis. Ainsi l'appelaient Rudek, Szmulek, l'autre Salek, ses trois cousins germains les plus proches, fils d'un oncle chaudronnier, un homme aux poings énormes et qui savait s'en servir.

Ce vrai nom, je l'avais oublié en énumérant ses prénoms. Pourtant, comme ils avaient un « Pépé Vincent » (de son prénom, René) côté maternel, ses petits-fils avaient un « Pépé Salek ».

J'ai dû l'oublier parce que c'était le plus évident. On oublie le plus évident en écrivant.

Poussières

Il était devenu sourd de l'oreille droite à l'âge de dix-neuf ans. Nul ne l'avait remarqué, aucun médecin n'avait posé de diagnostic. Un quelconque geôlier, petit chef, kapo ou gradé en uniforme, lui avait asséné un coup. Motif? De la poussière dans la pièce, sur le tuyau d'un poêle. Il avait en charge de nettoyer les lieux, et donc cet ustensile de chauffage, éteint en plein mois d'août.

Sa surdité, des médecins l'ont découverte plus tard. Des experts en avaient attesté, et la République fédérale d'Allemagne, dans son entreprise réparatrice, reconnaissait ce handicap qui avait sa valeur en marks, comme la mutilation, la castration ou la psychose. Autant de cicatrices impossibles à *wieder gut machen*, faire oublier.

La personne qui, en voiture, s'asseyait sur le siège passager, ne parvenait pas à se faire entendre. Et ce dès sa première auto, une Peugeot 203 que je reconnaissais partout et désignais par «Auto à Papa!», exclamation de bien des enfants de ma génération. La communication avec le passager n'a fait qu'empirer. Dans les dernières années au volant, vers les quatre-vingts ans, mon père se repérait à grand peine dans l'espace. Des problèmes de vision, mais pas seulement. Une forme de sénilité l'affectait. Il l'ignorait.

Depuis longtemps, j'arrivais et repartais en taxi ou en train. Une dernière fois, j'ai accepté qu'il me raccompagne à l'aéroport. Il éprouvait un trop grand désir d'être seul avec son fils dans une zone d'arrêt minute, pour lui souhaiter bonne santé. En tant que passager, il m'a fallu serrer les dents, puis fermer les yeux. Les automobilistes de tous calibres, qui avançaient au klaxon, pestaient contre ce conducteur qui allait de-ci de-là, à une vitesse trop raisonnable. Il les ignorait, tenait pour rien les phares jetés comme des éclairs, ou les insultes. Il se trompait de route, prenait un mauvais embranchement...

Bientôt, la voiture blanche le conduira au bout du voyage, seul dans l'habitacle.

D'où venait la poussière sur laquelle la brute en uniforme avait posé un doigt inquisiteur ?

Le climat local apporte un élément de réponse, comme la géologie : on était dans la plaine, sous un climat continental. En hiver, les moins trente sont vite atteints. En août, c'est une fournaise.

Ces années-là, de janvier à décembre, sept jours sur sept, c'était la fournaise. À moins que le dimanche on ait éteint les fours. Il n'y a pas de feu sans fumée, ni de fumée sans retombées poussiéreuses, cendres et autres désastres.

Qui sait comment se débarrasser, de façon définitive, de la poussière ? J'aime faire la vaisselle, récurer les casseroles, nettoyer les plaques de cuisson ou le sol. Qui me connaît sait que ce n'est pas de la vantardise. Mais je n'aime pas épousseter les meubles. Je vois la poussière sur le chiffon, je la vois revenir sur le bahut, la table ou le guéridon. Elle ne se lasse pas. Au fond, j'admire comme je hais sa persistance, son obstination. Notre combat est pour moi perdu d'avance.

Les souvenirs aussi s'obstinent. Ils attendent de trouver forme. J'ai longtemps cherché, hésité, j'ai failli abandonner. Comment raconter la vie de mes deux fragiles silhouettes, lui, parti, elle bien présente, revenue à une sorte d'enfance parfois butée, quelquefois malicieuse.

Ils m'ont beaucoup raconté : les dates, les lieux, les noms volètent autour de moi. Archives, photos, papiers de tous ordres. J'essaie d'assembler des fragments, avant que tout ne s'envole avec moi. Tout retombe comme la poussière, et si je n'ai jamais eu à craindre les coups, je suis parfois las de lutter.

Miettes

Il ne lui laisse que les miettes. L'expression me revient quand je pense à mon père, sa « parturiente », son « assistante » ou son « épouse ». On peut choisir l'ordre de ces titres. Il se mettait en avant, parlait – et pouvait même se substituer à elle, parler à sa place en commençant par un « Je suis née le 13 août 1931 à… » Ma sœur l'interrompait et, provisoirement, il se mettait en retrait.

Il y a quelques jours, dans les archives de ma messagerie électronique, je suis retombé sur deux photos envoyées à des amis. Mon père est devant sa table à repasser, en maillot de corps, le pantalon retenu par des bretelles. Il a un fameux bedon et nous savons tous qu'il s'en moque. Les séances de natation au *Country* devraient y remédier et lui rendre son corps d'éphèbe. « Dola » est à côté de lui. À les voir, on a l'impression qu'il est en train de lui apprendre le métier. Même si elle répugne aux tâches ménagères, elle sait faire. Mais en la matière il est le patron, elle reste l'apprentie.

Pour qui voudra chercher dans les vieilles images de la culture populaire un point de comparaison, je crois revoir en eux le duo que constituaient dans les années 1960 Raymond Oliver, chef au Grand Véfour, et Catherine Langeais, speakerine emblématique de l'ORTF. Il avait une voix de ténor et l'accent du sud-ouest, elle un timbre d'alto, un peu rauque. Il était à la fois le patron et l'exécutant, elle ne touchait pas une casserole. Sa mission consistait à commenter l'accomplissement de l'art pour les Béotiens.

Je n'aime pas la poussière, mais j'aime bien les miettes, ce qui reste et nous échappe, si nous n'y prenons garde.

Mais d'abord un détour. Je suis à Madrid, au musée du Prado. J'y vais trop rarement, mais, chaque fois, retourne admirer les mêmes œuvres : *Le Jardin des délices* de Bosch, *Sebastián de Morra* de Vélazquez, quelques autres. Là, je suis devant *Le Chien* de Goya, dans la salle des *Peintures noires*, ces cauchemars, peints sur les murs de sa maison.

Voilà quelques minutes que je contemple l'animal dont on ne voit que la tête. Je ne veux rien analyser, je n'ai rien lu à son propos dans le guide, je n'ai aucune envie de connaissance, de maîtrise. Je me contente de ressentir. Le portrait de Sebastián de Morra provoque en moi semblable émotion. Si je devais partir avec des œuvres du musée sous le bras, ce serait ces deux-là (*Le Jardin des délices* exigerait que j'associe à mon larcin une escouade de déménageurs).

Je suis devant la toile, seul. Passe une touriste avec, à la main, une liste, imprimée probablement à partir d'un site internet. Elle coche des cases. Ce doit être la sélection des dix tableaux à voir en priorité au Prado. *Le Chien* n'y figure pas. Elle ne coche pas, ne regarde pas, se hâte de poursuivre son chemin.

Sur un petit carré de papier soigneusement découpé, morceau d'une enveloppe saumon sale qu'on utilisait pour la correspondance administrative, je lis ceci :

Madame Haber
41, Bd Ornano 41
18 Paris 18

L'écriture est celle de mon grand-père maternel. Il était à Pithiviers ou à la ferme de la Matelotte. J'ignore ce qu'est devenu le reste de l'enveloppe et plus encore la lettre qu'elle contenait. Je ne sais pas non plus comment ce bout de papier est venu jusqu'à moi. Ma mère a dû me le donner. Sans faire office de marque-page, il reste glissé dans mon édition brochée de *Dora Bruder*.

Sur la porte de l'appartement, adhérant par deux magnets que son petit-fils lui a rapportés de Tbilissi, ma mère m'adresse ce message:

> *Norbert, tu dois donner une suite au livre que Simone Signoret a donné,* Adieu Volodia. *Et aussi (souligné) Louis Malle les films magnifiques. MODIANO (en majuscule)*

J'ai pris la photo en juillet 2017.

Dans son exemplaire du *Mémorial de la Déportation des enfants juifs de France*, ma mère avait glissé des dizaines de petits bouts de papier déchirés en guise de marque-pages. Chaque fois qu'elle sortait le livre de sa bibliothèque, sorte de renfoncement au-dessus de ce qui avait été un chauffage au gaz – oui, une sorte de cheminée dans un pays de cocagne connu pour ses grosses chaleurs –, elle l'ouvrait à certains passages clés en se repérant à ces petits bouts de papier. C'était un rituel. Tous les jours, elle sortait l'énorme volume. Elle reconnaissait un visage, un autre, elle se rappelait une rencontre, des jours passés avec ces enfants rue Pasteur ou boulevard Ornano.

J'ai consigné beaucoup de ces noms en relatant par le menu ce fameux jour de «vent printanier». (Curieuse dénomination pour une rafle, comme si l'image poétique effaçait le crime.) Ce vent-là soufflerait sur toute l'Europe de l'Ouest en cette année 42. Je craignais, en oubliant ces noms, d'abandonner les êtres, de les trahir à nouveau.

Chaque jour, en ouvrant ce livre qu'elle traitait comme un album de famille, ma mère leur rendait visite. Nul besoin de se déplacer, ces enfants n'avaient pas de sépulture. Hormis dans ce livre. Lorsqu'elle s'est résolue à me le donner, mon premier geste a été, au fil de la lecture, de jeter un à un tous ces petits bouts de papier. Je m'en veux de cette réaction de maniaque bibliophile – d'imbécile.

Une nuit, c'était à Birkenau, dans l'obscurité la plus totale, l'ami Charles a vu passer, solennelle, comme s'ils se rendaient vers quelque cathédrale ou temple, une procession de jeunes garçons tous vêtus d'aubes blanches semblables à des communiants catholiques. Ces enfants originaires de Lituanie marchaient, tenant à la main un cierge, encadrés de quelques gardes en uniforme noir. Ils avançaient vers les flammes qui les engloutiraient d'ici peu.

Dans le chaos de ce lieu, ils n'étaient presque rien. Une cohorte d'anges. Cette mise en scène perverse, teintée d'un fantastique douteux, était bien dans la manière des assassins.

Je sais très bien pourquoi l'image du chien dans l'arène me suit partout. J'en ai une reproduction sur une étagère de ma bibliothèque. Ce museau qui dépasse dans l'obscurité, ces yeux brillants qu'on distingue à peine, c'est notre reste d'humanité, saisie dans le museau d'un animal.

Fourbi

À la grande brocante de Lucy-sur-Yonne, on dirait aujourd'hui « vide-grenier », Mémé avait acheté trois boîtes de sardines à l'huile et un violon à l'âme fragile, privé de certaines de ses cordes. Il n'y avait pas d'archet. Nous avons ouvert les boîtes, mangé les sardines alignées là depuis si longtemps et aujourd'hui, très loin de ce jour, j'écris. Je ne me rappelle pas que nous ayons eu mal au ventre.

Le violon a vieilli près d'un tas de charbon, dans notre cave de banlieue. Il avait été question de le réparer, et l'on s'était pris à rêver : Betty aurait pris des leçons et les grands maîtres, les Menuhin, Oïstrakh et autres Stern auraient trouvé en elle une héritière. Il a dû finir boulotté par des rats peu mélomanes ou pourrir près du tas de charbon.

Fourbi. On fait le tri dans le fourbi. J'ai connu cette épreuve quand il a fallu vider l'atelier de mon père avant qu'il ne devienne cette chambre aux murs blancs ; le gros placard et le porte-cintres partis aux encombrants. Sont demeurés longtemps la caisse à outils et le matériel de couture. Je n'ai pas compté les clés de toutes sortes qu'il avait conservées, ni les câbles et fils électriques qui s'enchevêtraient au point de former une masse impossible à dénouer et à utiliser.

Je sais en revanche qu'il possédait onze dés à coudre. Je les ai alignés sur sa jeannette, indispensable pour repasser les manches. J'avais posé les ciseaux, la fameuse paire de ciseaux crantés, et j'ai photographié mon installation. Un artiste plasticien travaillant sur les séries et collections aurait isolé chaque dé et aurait cherché des jeannettes dans toutes les brocantes. Je voulais seulement reconstituer le blason paternel. Le mot « fourbi », le sien, aurait figuré en lettres flamboyantes.

Je n'aime pas les brocantes, je n'aime pas les vide-greniers, je n'aime pas entrer chez un antiquaire, je n'aime pas acheter chez Emmaüs, je n'aime pas l'occasion (exceptons les voitures), je n'aime pas la seconde main, je n'aime pas les marchés aux puces. Ce dégoût, ce rejet, c'est presque physique. Trop d'objets usés par d'autres, trop d'Histoire qui me dépasse.

Fourbi ces mots, ces phrases, ces paragraphes, fourbi ces fragments, ces pièces de bric et de broc livrées dans le désordre. Fourbi né d'émotions, d'associations d'idées (pas d'idées : de faits, d'expériences, de douleurs qui me viennent de très loin, de joies aussi, et le rire).

Ainsi nous parlons-nous : lui, dans la voiture blanche qui continue de rouler et moi, stylo plume en main sur la feuille à grands carreaux. Les lignes ordonnent.

Et installé dans la seule antiquaillerie que je fréquente, celle que je m'invente, l'arbre généalogique désespérément dépouillé du moindre ancêtre, je le peuple à ma façon, interprétant ou traduisant le nom de notre famille – Czarny –, offrant l'hospitalité à un Negro fuyant l'Inquisition espagnole ou sa version portugaise pour le dénommé Preto, je deviens apothicaire du sultan à Istanbul, engendrant des fils ferblantiers ou financiers payant les guerres de Soliman.

Ou bien il y a une belle jeune fille et elle se marie à Vienne ou Prague, elle habite sur le Ring, se pavane à l'Opéra. Mécène ou muse de Dvořák ou Janáček, elle veut les aider à composer, leur épargner tout souci matériel.

Je me vois descendant d'un chantre ou dois-je dire *kantor*, et sa voix résonne dans un grand temple à Cracovie.

Toutes ces vies me sont permises, des visages et des silhouettes remplissent soudain les branches et je me sens moins seul.

Oui, moins seul.

Vies (très brèves)

Mon père raconte. Un halo éclaire les silhouettes. Maître de cérémonie, Salek de sa voix d'enfant sans âge fait entrer les spectres. Il les nomme. « Jakub. On le surnommait Meshugene Jakub. Les samedis, vers onze heures, il s'asseyait sur les marches devant l'atelier. C'était l'heure où l'on allait chercher du *tcholent* à la boulangerie. Il était grand, très gentil. Il aimait les petites filles, ne leur faisait aucun mal. Les attirait avec un mouchoir parfumé qu'il leur faisait sentir. Il avait une passion pour les parfums. Eisik, Eisik Feffer. Feffer, c'est le bruit des cuivres qu'il imitait en marchant derrière la fanfare des pompiers et des mineurs, à la Sainte-Barbe. Il portait le casque qu'un de ces pompiers lui avait enfoncé sur la tête, et il était fier de marcher au pas pendant la célébration. Quand les troupes de la Wehrmacht sont arrivées, ont défilé dans les rues de la ville, il les a suivies. Les premiers temps, on l'a laissé faire. Il faisait rire les soldats et les passants. Et puis comme ça, pour rien, un officier l'a abattu. »

« Je me rappelle un homme en face de chez nous. Il était à sa fenêtre et fumait cinq cigarettes d'un coup. »

« La *smarkaté* restait enfermée dans une soupente grillagée. *Smarkata*, ça veut dire morveux. C'était le surnom qu'on donnait à son père, un marchand de fruits et légumes plutôt aisé. Il gardait sa fille chez lui. Enfin, il l'enfermait. Quand je passais près de chez eux pour lire les journaux placardés, elle criait, et sortait ses mains comme si elle avait des griffes au bout des doigts. Elle me faisait peur. »

« Hendelé venait souvent demander conseil à mon père. Elle avait confiance en lui. C'était un homme sage, il avait des responsabilités dans la communauté. Une fois de plus, elle était enceinte et devrait placer le bébé à l'orphelinat. C'était une jeune fille toujours déçue par l'amour. »

Mon père nomme ses voisins, indique à quel étage ils habitaient, parle de ses camarades d'école et des rues de sa ville, de Mateusz le canari qui n'est plus là à pépier, de sa grand-mère qui l'effrayait avec la sorcière Baba Yaga. L'oiseau le protégeait.

« Qui achète chez les juifs est un traître à la nation polonaise », proclame un prêtre influent. Il a fait afficher son slogan sur une banderole face à la gare. Un jour il est interdit à mon père de marcher sur le trottoir des Polonais et, devant la boutique Bata, un piquet l'empêche d'entrer. « Magasin chrétien », annonce ailleurs un commerçant.

Ces scènes sont remontées tardivement à sa mémoire. Longtemps il avait enjolivé, mettant en lumière chaque bon moment de sa vie. L'enfance était ce qu'il gardait de son pays natal, et il la voulait sans trop de taches. Alors il évoquait Koselski, le voisin alcoolique qui élevait des pigeons et lui avait enseigné les rudiments de la colombophilie. Pendant la guerre, sa fille avait pris le voile. Sans doute était-ce le moment de croire et de l'affirmer face au ciel vide.

Bolek « Kapusta » Wisniewski, également appelé « Krautkopf » ou « tête de chou », apparaît au premier plan du tableau, et derrière lui les autres copains de l'école catholique.

Salek, sans doute un peu envieux de ses camarades d'école, voulait lui aussi célébrer Noël, décorer le sapin à la maison. En réponse à sa demande, une fessée paternelle, la seule qu'il eût jamais reçue, lui en fit passer le goût. Il savait les bons gestes et disait la prière qui accompagne le signe de croix. J'adorais l'entendre et lui faisais répéter, en polonais bien sûr.

Qu'est devenue Lucie Wolf, la fille du chef de gare ? Elle portait des nattes. Il avait été amoureux d'elle, quand il avait douze ans. Il ne l'a jamais dit comme ça. Il disait aussi que la fille de Reichmann, le patron de son père à Berlin, expulsé vers la Pologne en 1937, était très belle. Elle lui plaisait. On sait qu'elle est morte à Auschwitz.

Des années après, mon père est allongé dans le lit médicalisé installé dans le salon. Il se réveille d'une brève sieste et il veut parler. On sent que c'est important. Ma mère et moi nous nous approchons. « Dimanche, je vais à Sosnowiec. Je vais entrer dans l'église. Je leur demanderai s'ils ne se souviennent pas d'un voisin juif. Il y en a bien un qui lèvera sa canne. Je leur demanderai s'il n'y en a pas un qui est allé à la pêche avec lui. Il y avait bien un juif qui allait à la pêche ! Et je retrouverai peut-être une copine d'enfance. »

Est-ce que Lucie Wolf a survécu ?

La rencontre qui change tout

J'ai sorti la carte de France, le plan de Paris ; des épingles à tête rouge marquent les lieux par où est passée ma Dora. Elle nous a tout raconté, à moi ou à ses petits-fils, notamment ses trajets. C'est une enfant innocente et rusée, téméraire et prudente, portée par la foi. Elle croit encore qu'il y a un dieu qui veille sur elle – ignore qu'il a pris congé du monde. Bientôt ça se verra un peu trop, et elle perdra toute raison de penser à lui. S'il n'a pas su protéger son père et quelques-unes de ses amies, il ne sert à rien.

La première épingle pique la Lorraine. Dora quitte la région avec ses parents. On évacue les habitants de Metz vers la façade ouest du pays. La pointe à tête rouge se fiche sur Nuaillé-d'Aunis. La fillette, qui est bilingue, fait l'interprète pour des soldats allemands courtois et avenants. Ils louent son talent et la rétribuent en bonbons. Elle se rappelle le geste du maire du village s'emparant du paquet avant qu'elle n'ait défait le papier d'emballage et le jetant dans la fosse à déchets. Les boches seraient bien capables de l'empoisonner.

Autre carte. Plan de Paris. Une épingle se pose sur le 8, rue Pasteur, à quelques centaines de mètres de la station Saint-Ambroise et de la salle Japy. Son père a reçu une convocation. Une petite valise suffit, quelques effets personnels, un nécessaire de toilette. Sa mère sent le traquenard ; le père ne l'écoute pas. Avec les Allemands, il n'y a rien à craindre. Il est un peu l'un des leurs, l'allemand est sa langue, il l'a toujours parlée et aimée.

Dora et sa mère sont seules désormais. Elles déménagent. Dans le quartier, l'air est vicié. Elles louent une chambre d'hôtel. Un petit réchaud à gaz pour cuisiner. L'épingle à tête rouge, je la mets là, dans le 18e arrondissement, 41, boulevard Ornano.

Bien des années plus tard, ma mère m'a dit qu'au jour de la grande rafle elle avait croisé Cécile Bruder dans les escaliers, tandis qu'allaient et venaient des policiers en sueur (c'était juillet), qui martelaient les portes. Je dois reprendre mon souffle.

Dora Bruder, le récit de Modiano, est le récit qui nous lie, ma mère et moi. Maintenant qu'elle peine à se concentrer, que la lecture d'un roman entier représente trop de fatigue – plus jamais *Le Curé de Tours*, plus jamais *Madame Bovary*, plus jamais *La Terre* –, c'est celui-là qu'elle feuillette, elle y revient par petits bouts. Elle pose ici et là ses épingles, au Saint-Cœur de Marie rue de Picpus, à la caserne des Tourelles, ou rue des Jardins Saint-Paul. Je mets mes pas dans ceux de Dora, dans un Paris qui ne se reconnaît plus.

Il faut fuir la nasse parisienne en ce mois de juillet. La mère et la fille trouvent refuge à La Plaine Saint-Denis. Je ne sais pas trop où planter l'épingle. La zone n'existe plus. Des buildings étincelants ont effacé les traces. Puis on les retrouve dans une chambre d'hôtel rue Saint-Louis-en-l'Île.

En août, Betty est de passage à Paris pour les vacances. Nous allons ensemble sur l'île Saint-Louis. L'hôtel s'est positionné sur le marché comme un nid douillet pour touristes étrangers modérément fortunés. Bref, des Américains qui veulent revivre *Midnight in Paris* (pas le meilleur des Woody Allen).

À l'accueil, le réceptionniste, qui connaissait l'histoire du lieu, savait que le patron d'alors négligeait d'inscrire les pensionnaires « indésirables » dans le registre réglementaire. Quand les flics déboulaient, ses hôtes étaient arrivés du matin. Il n'avait pas eu le temps pour les formalités. Pour eux, la consigne était claire : fuir sur les toits par le vasistas du dernier étage. Elles n'ont pas eu à recourir à cette extrémité. Elles sont sorties par la grande porte. Un médecin avait décrété que la fillette devait changer d'atmosphère. L'air de Paris était décidément nocif pour elle. D'autant que la police traquait les enfants jusque dans les écoles élémentaires. La directrice ne pourrait pas indéfiniment la mettre en retenue avant que la troupe zélée ne disparaisse. La fillette se tenait bien en classe et comprenait mal qu'on la punisse sans raison. Jusqu'au jour où elle a compris : toutes les enfants en retenue portaient la même étoile infamante.

Voici les cartes du Loiret et du Cher. Elles nous accompagneront jusqu'à la Libération. Passons rapidement l'épisode de la gare de Gien, et ce qui ressemble à une fugue de l'enfant. Elle a passé là quelques heures, avant de prendre un car pour La Matelotte. Elle ne dit pas comment elle s'y est prise. Elle dit juste qu'elle a menti à sa mère, a quitté la rue Saint-Louis-en-l'Île, pris un train à la gare d'Austerlitz, est montée dans un wagon rempli de soldats allemands avec qui elle a parlé. Ils admiraient cette enfant qui maîtrisait si bien leur langue. Elle les maudissait, souhaitant qu'ils perdent la guerre. Elle ne désirait qu'une chose : voir son père.

L'épingle suivante est plantée sur Jargeau. Elle partage avec sa mère une chambre d'hôtel que

Pierre Larousse habita. Tu te souviens, me dit-elle, du vieux dictionnaire rosâtre à la tranche abîmée? Cadeau du propriétaire, ai-je cru comprendre. J'étais attiré par les pages roses et les locutions latines.

Elles passent la Loire et les voilà à Saint-Denis-de-l'Hôtel. La mère est employée par la famille Rostopchine, des parents de la comtesse de Ségur. Elle devait dresser le couvert en utilisant des porte-couteaux. La fillette joue les Cosette à Saint-Denis-de-l'Hôtel. Elle vit chez une Thénardier dont l'époux serait prisonnier de guerre, quelque part dans un stalag de Poméranie. Il est possible que j'invente, mais je me rappelle qu'un de ses séjours en bord de Loire se passe mal. *Les Misérables* continue de nourrir mon imagination. Sa mère et elle doivent bientôt quitter les bords de Loire, ils deviennent peu sûrs.

Leur course folle s'arrête près d'Argent-sur-Sauldre, à la ferme de la Huchette. Je pose là une ultime épingle. La tête est verte. On est en 1944, la guerre n'est pas finie, mais les nouvelles sont meilleures. Sa mère vit dans une cabane en lisière de la forêt. L'enfant devient une petite paysanne. Elle fait à pied les kilomètres qui la mèneront au certificat d'études primaires. J'ai conservé ses cahiers. On remplit des pages de conjugaison, l'Afrique-Occidentale française est à « nous », et aussi l'Algérie, la Tunisie. Les grands écrivains du

XVIIIe siècle se nomment Montesquieu, Voltaire, Diderot et Rousseau. Je contemple les cartes des cours d'eau qu'elle dessine et j'apprends les noms par cœur. J'aimerais tout savoir et retenir.

Près d'Argent-sur-Sauldre, à la ferme de la Huchette, l'enfant rencontre sa seconde mère. Elle s'appelle Suzanne Mercier, et quoi qu'il arrive c'est un nom dont je me souviendrai moi aussi par-delà les temps. Elle est la rencontre qui change tout.

Objets

L'innocente, l'inconsciente, la téméraire fillette est retournée 41, boulevard Ornano, a monté les étages désormais vides, elle a ouvert la porte et repris l'objet sacré, le « doudou » dont sa mère ne peut se séparer : le *Bett Gewand*. (Un invraisemblable traducteur en ligne propose « peignoir » pour ce qui s'apparente à une couette.) Ce *Bett Gewand* est immense et lourd pour une enfant haute d'à peine un mètre quarante. Mais sa mère le veut et risque trop à sortir de leur chambre rue Saint-Louis-en-l'Île.

L'enfant emporte la couverture, ferme la porte derrière elle, descend avec précaution, traverse le hall et avance sur le boulevard vers la station Simplon. C'est direct jusqu'à Châtelet ; là elle prendra le long couloir pour des raisons que j'ignorerai longtemps. Elle aurait pu descendre à Cité. Mais il faut sans doute tenir compte de la présence, à certaines sorties ou dans certains wagons, de types en uniforme bleu nuit, portant képi ou béret, croit-elle se rappeler, comme les chasseurs alpins qu'ils ne sont pas. Ils sont chasseurs tout court, avec une prédilection pour le petit gibier.

L'innocente, inconsciente, notre téméraire frappe doucement à la porte de la chambre et sa mère ouvre, sans un mot de remerciement ni un soupir de soulagement. Elle qui avait envoyé sa fille dans la gueule du loup qui, heureusement, n'y était pas.

Cette histoire de *Bett Gewand*, je l'ai vue dans *La Nuit du chasseur*, un film apparemment sans rapport. Mais j'ai besoin de faire des liens. Powell est un tueur en série. Il s'introduit chez des veuves et les assassine. Lorsqu'il veut s'approprier le magot laissé par Harper, son co-détenu, condamné à mort pour hold-up, il décide de circonvenir la veuve pour découvrir la cachette que seuls les enfants du condamné connaissent : l'intérieur de la poupée de Pearl. Powell séduit la veuve, l'épouse et la tue. Sans leur mère, soudain disparue, les enfants s'inquiètent. Surtout John, l'aîné. Il a compris qui était le chasseur. Pearl et lui s'enfuient par la rivière. Au bout d'une longue pérégrination, ils arrivent chez Rachel Cooper, une vieille femme qui aide les enfants abandonnés. Ils sont nombreux à souffrir en cette période de grande crise aux États-Unis.

L'histoire de notre enfant en fuite n'est pas sans ressemblance avec le scénario de ce film. Dora se montre déterminée, souvent lucide. Comme John, elle doit entraîner, éclairer et souvent aider sa Pearl à elle. Mais cette Pearl, c'est sa mère, une enfant capricieuse et égoïste, à peine déguisée en adulte.

Je vois ma mère grâce à la caméra du téléphone mobile. Il est onze heures et demi du matin chez elle. Elle s'est changée, et porte sa chemise de nuit. Elle déjeunera à douze heures, puis ira faire une sieste. Ensuite, elle remettra ses vêtements du jour pour la balade de l'après-midi, avant la longue partie de dominos face à Bernard. Ce dernier l'assiste au quotidien après avoir aidé mon père. Elle triche, aligne ses pions sans se soucier de lui qui tolère. Il n'est pas contrariant. Vers six heures du soir, la nuit est tombée, soudainement, alors, de nouveau, la chemise de nuit, etc. C'est très répétitif, prévisible, peut-être rassurant.

Au moment où on se parle, elle est allongée sur le canapé noir, la tête posée sur l'accoudoir vers la fenêtre et la lumière.

« Qu'est-ce que tu lis ? (C'est toujours ma première question.)

– *Dora Bruder*.

– Ah, très bien. (Elle lit toujours *Dora Bruder.*)

– Tu l'as pas lu ? (Son ton semble indigné.)

– Maman, j'ai écrit et animé des ateliers sur ce livre. »

Elle me demandera à chaque appel si je l'ai lu, entre interrogation et exclamation. Elle sait pourtant que ce récit est notre talisman ou notre mot de passe. Les enfants comme elle se rassurent en répétant.

Ils allaient mal tous les deux, elle plus encore que lui, toujours capable de dire l'heure à l'assistante sociale qui lui présentait un cadran analogique en carton, comme la maîtresse le fait à l'école élémentaire. Elle ressemblait à un fantôme vêtu de voiles flottant dans un courant d'air. Elle ne marchait pas encore avec un déambulateur ; ça pourrait arriver.

Ce mois de juillet là, outre la transformation de l'atelier en lumineuse chambre à coucher, je m'étais assigné une mission simple : vider. Betty ne pouvait pas m'aider, elle me laissait faire.

Que fallait-il conserver, et surtout, pourquoi ? Je voyais bien que la perceuse électrique, les kilomètres de câbles enchevêtrés, les pièces ou chutes de tissu deviendraient inutiles, mais la collection de tableaux d'honneur (mes rares titres de gloire, avec celui, en CM2, de meilleur camarade), les onze dés à coudre, les paires de ciseaux, les bocaux remplis de boutons ? Aujourd'hui, à tête reposée, je me dirais « seconde main, ateliers récup, Emmaüs (ou son équivalent) ». Mais là, en plein mois de juillet, avec une mère à la dérive et un père en panique avant le naufrage, je devais tenir la barre.

J'ai donc gardé ce qui avait tissé le manteau de leur vie : le métier exercé des décennies durant, les enfants et leurs diplômes qu'ils avaient encadrés sur des murs recouverts de photos. J'ai gardé, bien sûr, en vrac, soixante-dix ans de photos enfermées dans des boîtes à chemises (fausses marques italiennes), et j'ai pieusement conservé les cahiers plus que défraîchis remplis en 44-45 en classe de certificat d'études, à Argent-sur-Sauldre.

Au bas du placard marron qui, démonté, finirait dans le local poubelle ou aux encombrants, recouverte d'un fin voile poussiéreux, j'ai découvert ma valisette en skaï noir, reçue en cadeau après la cérémonie de la place des Vosges lors de laquelle j'avais chanté l'histoire de Noé pour entrer dans la communauté des hommes.

Deux invités avaient dû se donner le mot, puisque l'on m'avait offert des valises monozygotes : même format, même couleur, même contenu. Un nécessaire de toilette en plastique me permettait de partir en week-end (ou dans notre résidence secondaire) en emportant mon parfum, des peignes, un rasoir, le savon à barbe et le blaireau – mais le blaireau, c'était moi. Je n'avais personne, et hélas pas Françoise M., mon grand amour muet au lycée, à qui prêter la seconde valisette pour partir en amoureux dans la Triumph TR4 décapotable de mes rêves. Faisons bref : j'avais treize ans.

Les deux valisettes ont disparu pendant des années. Je ne les cherchais pas ; j'étais passé au sac à dos. C'était le temps des routards. Même si je ne suis pas allé plus loin que Grenoble. Kaboul ou Delhi ne m'attiraient pas.

La valisette est remplie de papiers disparates : fiches de paie du PDG du Kléber Pressing, factures en diverses langues, photos arrivées là sans savoir pourquoi et documents dactylographiés sur papier pelure jaune : le dossier de *Wiedergutmachung*. Eurêka ! J'avais mis la main sur les archives de mes deux héros. Deux anonymes reclus ou presque qui ne se haussaient pas du col et ne roulaient pas dans les rues du Touquet ou de Cabourg en Triumph TR4 décapotable.

Il y avait aussi une fourchette et un peigne qui venaient de loin. Soit du pays natal en ces années fatales, soit de Bavière, quand il y faisait plus que froid et que les petits échanges en des lieux discrets constituaient le gros du commerce. Je les voyais de temps en temps et mon père me racontait leur histoire. Et puis, un jour, il les a donnés à un musée, pour que d'autres enfants aient envie de connaître cette histoire.

Quand elle montait dans la rame à la station Saint-Ambroise, l'intrépide Mémé prenait soin de plier son gilet et de l'enfouir au fond d'un panier. Il avait une grosse tache sur la poitrine et elle ne tenait pas à ce que cela se voie. Un homme l'avait vue faire. Il ne savait pas que des sous-vêtements et bas tout neufs étaient cachés dans le panier. Il épiait la voyageuse, montée dans le dernier wagon. Elle est descendue à Boulogne-Billancourt. Elle a montré un *Ausweis* à l'entrée d'une caserne et n'a pas tardé à trouver des clients enthousiastes, de jeunes soldats achetant des cadeaux pour telles jolies Parisiennes ou fiancées munichoises ou berlinoises. L'homme du métro, en uniforme et quelques galons, est soudain entré dans la salle des bonnes affaires. Son doigt accusateur pointait le fond du panier. Il a prononcé un mot terrible, synonyme de long et pénible voyage. Les jeunes acheteurs tremblaient. Boulogne-Billancourt, c'était les vacances. Il en irait autrement dans le Caucase ou devant la Neva. De très longues minutes se sont écoulées. L'officier a été pris de pitié pour ces gosses trop naïfs. Quant à elle, elle avait intérêt à partir au plus vite de là, et à ne jamais y remettre les pieds. Le gilet taché, il valait mieux qu'elle le porte. Ce qu'elle a fait, mais pas longtemps.

Si la vie avait été bien faite, réparant torts et oublis, j'aurais dû retrouver dans la valisette en skaï noir la pochette plastique contenant la collection de photos de la rêveuse jeune fille pensionnaire en maison d'enfants, vers 1946. Elle habitait au Mesnil-le-Roi et partageait la chambrée de quelques adolescents dans son genre. Toutes et tous étaient enfants d'un ou de deux « disparus », emportés par diverses bourrasques.

La jeune fille faisait là un apprentissage en fourrure et elle était promise à une carrière rue du Faubourg-Poissonnière. Il n'en a rien été, mais je l'ai vue porter un manteau d'astrakan qui lui donnait de faux airs d'Ava Gardner. Faux parce que de l'actrice, elle n'avait pas le tempérament volcanique, ni le goût prononcé pour les boissons fortes et la corrida (ou les toreros).

L'un des animateurs se prénommait Narcisse. Il avait des convictions arrêtées et voulait les faire partager. Malgré la mort de Trotski, il restait persuadé que la victoire de la Quatrième Internationale restait possible. Certes, Staline et surtout l'Armée rouge avaient triomphé, mais un essai comme *La Révolution permanente* montrait le chemin de la victoire. Ce messianisme ne convainquait pas l'adolescente. Dans le train qui la menait vers la gare Saint-Lazare, elle lisait l'exemplaire du magazine people qu'on se passait dans le dortoir, à l'insu de Narcisse : cet opium-là du peuple l'aurait démoralisé.

La vie des « vedettes » avait sans doute une page dans le magazine, avec son lot de confidences et de révélations sur les tourments sentimentaux d'une telle, les projets cinématographiques de telle autre. Est-ce qu'on pouvait commander un portrait dédicacé ? On a dû négocier d'un dortoir à l'autre. L'adolescente adorait Louise Carletti. L'allure provocante de Viviane Romance et Ginette Leclerc, deux « garces » et rivales (à l'écran du moins), l'impressionnait. Comment ne pas aimer Danielle Darrieux ? La fillette avait planqué la veste ou le gilet taché pour entrer à l'Ornano 43 et voir *Premier Rendez-vous*.

Tel un fantôme, j'ai regardé à mon tour « D.D. » face à Fernand Ledoux, en professeur amoureux, et Louis Jourdan, son vif neveu bondissant de sa décapotable pour séduire la belle. Jean Tissier, voix nasillarde et débit traînant, figure emblématique d'un cinéma que l'on écoute autant qu'on le voit, Tissier donc, joue les pique-assiettes. Il enseigne dans le même internat que Ledoux et s'invite pour partager le beau gigot aux haricots blancs du collègue. On mangeait peu de gigots alors.

J'ai vu un jeu de photos Harcourt quand ma mère me parlait de Pierre-Richard Willm, Charles

Boyer ou Pierre Blanchar. J'étais enfant et je rêvais plutôt sur le jeu de cartes dessiné par Vargas. Toutes ces pin-up en bikini me plaisaient et je n'aurais pas hésité à en emmener une en week-end, dans ma Triumph TR4. Ces photos ont disparu lors du grand déménagement ; ma mère en a été attristée. Moins que nous.

À chacun ses humbles trésors.

Gens de peu

Elle l'avait plus suivi qu'accompagné quand il a décidé de « monter » (ainsi le disaient les militants convaincus par la cause) vers Israël, le pays des rêves. De ses rêves à lui. Il est vrai qu'il commençait à respirer librement, et que l'idée de reconstruire leur vie dans une Europe en ruine et rongée par le ressentiment ne lui paraissait pas le meilleur choix.

Ils ont traversé la Méditerranée et renouvelé leur promesse de mariage. Je crois qu'entre cérémonies civiles et religieuses ils se sont mariés à trois reprises. Ils ont d'abord vécu à distance de la plaine côtière, dans une maison isolée dont les habitants, installés là depuis toujours, avaient été chassés. À moins que les soldats ne leur aient suggéré d'aller voir ailleurs ; que les chefs d'État, de clans ou de tribus ne leur aient promis qu'ils reviendraient. Ou qu'ils se soient persuadés qu'il valait mieux être un réfugié vivant que de s'obstiner à rester jusqu'à la mort.

Elle avait peur. Peur des rôdeurs, peur des chiens errants, peur des chacals. Ils sont partis vers la ville voisine, un port entouré d'immeubles aux façades blanches, logeant au sommet d'une colline d'où ils voyaient la mer, un curieux temple au dôme doré, et un luxuriant jardin ordonné.

Les chacals restaient à l'écart. On entendait des aboiements, lointains. Il s'était fait embaucher comme apprenti mécano dans un garage voisin. Des gars bien bâtis, bronzés, sûrs d'eux, le traitaient de « savonnette ». Il aurait pu finir sous cette forme dans l'Europe des convois et barbelés. Il ne répliquait pas. Devenu père, puis grand-père, il nous a confessé cette insulte macabre, et d'autres, dont on affublait les survivants venus d'Europe. Il avait appris qu'en 1943, alors que des rumeurs sinistres couraient sur Varsovie, la presse locale mettait en avant les matchs de football. Aux terrasses des cafés, les gars bien bâtis lisaient plutôt ces pages que celle consacrée à la situation en Europe.

En tant que nouvelle arrivante, elle subissait moins que d'autres le rationnement lié aux pénuries. Grâce aux tickets, elle pouvait cuisiner une omelette, recevait un peu de beurre, du lait. Il rapportait quelques tomates pour la salade. Elle a toujours aimé les tomates.

La vue était superbe. Elle s'ennuyait. Il l'a compris.

Sa mère, restée à Paris, s'est réjouie de leur prochain retour. Elle appréciait beaucoup son gendre, ce Salek si heureux et amoureux qui s'occupait si bien de sa fille. Et puis elle avait reçu la bonne nouvelle. Tout cela, je l'ai appris en lisant la lettre que Mémé avait envoyée à ma mère, de son écriture chantournée, tarabiscotée, que j'ai tant aimée. Mémé ne manquait jamais mon anniversaire, et son allemand faisait mon délice.

Voici donc nos deux voyageurs dans le rafiot poussif du retour. Elle a des nausées, ça tangue dans tous les sens sur cette Méditerranée grise et écumeuse, et elle attend un enfant.

Quand j'habitais dans le XVe arrondissement, seul, ils me rendaient visite, s'installaient quelques jours. Ils prenaient l'avion, arrivaient à Paris, résidaient chez la sœur de mon père, ou chez moi, rue Blomet.

Un jour, ma mère n'a plus eu envie de voyager. Il est venu sans elle.

Nous avons dû emprunter la rue de Sèvres, passer devant l'hôpital des Enfants malades. Il n'a rien dit, rien laissé penser.

Un premier fils est né, celui dont elle était enceinte sur le bateau. Il n'a pas tardé à tomber malade. C'était un bébé de constitution faible. Elle l'allaitait peut-être. Je n'en suis pas sûr. En matière de puériculture et de nutrition, les vents de la théorie ont fréquemment tourné.

Ils habitaient un appartement minuscule, rue Elzévir, tout en haut d'un immeuble comme on en voit dans les films de Duvivier : murs lézardés, éclairage médiocre, odeurs confites. La chambre était infestée de punaises. Des décennies plus tard, ma mère s'en plaignait encore. Quel lien avec la maladie du petit ? On veut comprendre. On n'a jamais compris.

Il a fallu l'hospitaliser. C'était l'été 1950. Elle prenait le métro à Saint-Paul ou République, changeait pour Duroc. L'enfant dormait dans un petit lit du service pédiatrie. Elle voulait le voir, lui parler, le toucher. Une vitre les séparait, et souvent un groupe d'hommes, vêtus de blouses blanches, équipés de stéthoscopes. La plupart étaient jeunes. Ils suivaient le plus âgé d'entre eux, l'écoutaient religieusement. Lui savait tout. Il aurait pu lui dire de quoi souffrait son enfant, comment on le soignerait, quand il serait guéri. Il savait tout cela.

Quand ce chef médecin est sorti de la salle aux berceaux, suivi de sa cohorte, elle a voulu s'approcher. Ses sandales claquaient sur le dallage du couloir. Les hommes en blouse entouraient leur patron comme des disciples. Ils se sont éloignés.

Lorsque l'enfant est mort, le patron n'a pas parlé. Il ne parlait pas avec une jeune femme, même jolie. Un sous-fifre a jeté quelques mots, dans un couloir quelconque, avec « condoléances », « prolapsus rectal ».

C'est tout ce qui est resté de Jean-Alain à mes parents : mort d'un « prolapsus rectal ».

Ma mère ne pouvait pas se mettre en colère. Elle pouvait gémir, pleurer, souffrir rue Elzévir, elle ne pouvait pas affronter ces hommes qui apprenaient leur métier, lequel consiste à poser des diagnostics. Elle n'avait pas les mots pour interroger le grand prêtre qui ne délivrait pas d'oracle. Elle ne se sentait pas le droit de questionner un homme de sa stature.

Bien après que ma mère m'a raconté ces jours d'attente à l'hôpital des Enfants malades, j'ai lu *Maîtres et serviteurs* de Pierre Michon. J'ai retenu une scène. C'est un détail, mais tout est dans le détail qui soudain éclaire. Ici, sur la colère, la rage, l'impuissance face à ceux qui savent, peuvent ou possèdent, face à ceux qui décident. Je raconte cette scène de mémoire, telle qu'elle est restée en moi. Lorenzo est un disciple possible de Piero della Francesca. Il a quitté sa région d'origine pour se rendre à Sienne, avec ses pauvres moyens. Et pauvre, démuni, il l'est à tous égards. Celui qui devait l'employer ne l'a pas attendu, lui préférant un autre. Lorenzo se sent humilié. Il doit repartir. Sa femme qui l'a accompagné, soutenu, encouragé, devine son désespoir. Elle avait acheté, avant de se mettre en route, une grappe de raisins à un paysan. Les grains s'abîment à cause de la chaleur, mais il en reste quelques-uns qu'elle lui donne. La détresse et la colère de Lorenzo sont si grandes qu'il jette la grappe au sol, prêt à la piétiner. Je cite Michon en substance (mais que ses pages sont belles !), écrivant que dans cette grappe dégoulinante, jetée à terre, était réuni tout ce qu'il éprouvait.

Deux ans plus tard, en 1952, ma mère met au monde une petite fille prénommée Rachel. Elle a vécu treize mois. Diagnostic : encéphalite.

Il me paraît facile de définir l'humanité. C'est l'histoire d'un ingénieur allemand dans une maison, en Silésie, qui fait venir un travailleur forcé, détenu dans un camp, à sa table pour partager avec lui son repas. C'est une fermière solognote qui accueille sous son toit une enfant en danger, sans rien attendre, ni argent, ni signe de croix, ni bénédiction.

Le mètre étalon de l'inhumanité ne cesse de se renouveler. J'en prends un, pas tout à fait par hasard. Primo Levi passe un examen de chimie à Buna-Monowitz. Il y a là un expert, Herr Doktor

Pannwitz. Il supervise. Alex est son assistant. Primo Levi et Alex sortent du laboratoire après l'examen. Ils marchent parmi les échafaudages et les câbles. Alex s'agrippe à un treuil couvert de graisse. C'est désagréable. Il essuie sa main sur la « chemise » de Primo, qui avance devant lui. L'écrivain explique que, pris comme chiffon, il cesse d'être un humain. Mais d'Alex ou de Primo Levi, qui cesse à jamais d'être un homme ?

Manger

« Tu aimes les brocolis ? » Chaque fois que je venais les voir, son « épouse » Dora et lui, il me posait la même question. J'ai toujours dit non.

Chez le glacier, du plus modeste au plus prestigieux, il demandait toujours le parfum café. Il n'y en avait pas, alors qu'au pays de ses rêves on trouvait tout. Comme cette incongruité le dépassait, la fois suivante, il demandait à nouveau.

Quelque part dans l'enfance, ma mère ou mon père : « Ne jeûnez pas à Yom Kippour : on a assez jeûné pour vous. »

Avec une partie de l'argent gagné grâce aux bas et sous-vêtements, Mémé avait acheté cinq kilos de macaronis. « J'en ai mangé tous les midis et soirs pendant des jours. Bien sûr sans beurre, sans fromage, sans rien. Mais ça m'allait. » Cette anecdote, elle la raconte sans la moindre émotion. Ça s'est passé comme ça, pas de quoi en faire un plat.

La seule fois où ma mère s'est fait gronder par Suzanne Mercier, son refuge à La Huchette, c'est pour être allée dans l'étable voler de la nourriture à bestiaux. « La prochaine fois que tu manges une betterave crue pour mes vaches, je te mets dehors, Thérèse ! »

Thérèse, soudain craintive, ne se l'est pas fait dire deux fois. Même en me le racontant, elle ressemble à la fillette grondée.

En Sologne, elle mangeait à sa faim. On lui faisait goûter du lapin, du faisan. C'était peut-être après la Libération. Il faut que je lui demande.

Après avoir livré les robes, manteaux, jupes ou vestes rue du Caire, rue d'Aboukir et environs, nous faisions, mon père et moi, une halte rue des Blancs-Manteaux, chez Klapisch (pour les harengs et les cornichons), rue des Écouffes ou rue Pavé, chez des charcutiers natifs de Lublin ou de Budapest, chez Bermann, rue des Rosiers, pour le pain. Les rues étroites et sombres du quartier avaient à peine changé depuis le XIXe siècle. Ce serait un dîner de rêve.

La dernière fois que je suis passé dans ce quartier, des musiciens venus d'Europe Orientale déguisés en vieux juifs du shtetl jouaient avec un entrain certain des airs de musique klezmer, des standards yiddish et le « Hava Naguila » qu'on associe d'emblée au pays « où coulent le lait et le miel ».

D'autres images viennent en surimpression, comme si les époques se confondaient. Au lieu de ces joyeux musiciens, les faces grimaçantes de leurs grands-pères en train de taper sur un pauvre rabbin, ou obligeant une femme dénudée à courir sous leurs coups, ici ou là, en des terres de sang.

On ne trouve plus de bons cornichons rue des Blancs-Manteaux, de toute façon.

« *Dreck und Speck!* » : c'est ce que l'on me dit quand je fais la fine bouche devant mon assiette. De la merde ou du lard. J'ai le choix.

Je ne sais pas si l'on garde le souvenir d'un repas en particulier, comme si c'était une épiphanie. On s'est régalé en divers lieux, avec diverses personnes, dans des circonstances ou situations bien différentes. Un plat de nouilles sans beurre ni fromage a valu un filet de bœuf ou tournedos Rossini, un morceau de pain rassis avait le goût de la survie.

Pour lui, c'est moins le contenu d'une assiette que les accessoires eux-mêmes – le couteau, la fourchette et le verre posés sur une nappe – qui l'ont marqué, dans la maison de Silésie évoquée.

Il était travailleur forcé, enfermé dans un camp. Les gardiens, des vétérans de 14-18, étaient des territoriaux plutôt débonnaires. Lui était sous les ordres d'un ingénieur chargé des puits et des sources et, ce jour-là, celui-ci avait demandé au chef du baraquement une autorisation de sortie pour le détenu. L'affaire de deux heures. Le jeune déporté était arrivé à la maison de l'ingénieur. Une servante lui avait ouvert la porte et l'avait introduit dans une salle à manger. «*Nehmen sie Platz, bitte!*» Tous deux avaient dîné. Mon père n'a jamais raconté ce qu'il avait mangé.

Monseigneur Myriel avait reçu Jean Valjean de la même façon. Le forçat libéré en était effaré. Mon père, qui avait fréquenté les cours de religion, avait dû penser au Juste qui éviterait la destruction de Sodome.

Ciseaux crantés

Il va bientôt s'en aller au volant de la voiture blanche. Nul ne connaît la date précise. Elle n'est pas annoncée. On sent juste qu'il s'affaiblit, que cette vie sans vie le lasse.

Il est allongé dans son lit médicalisé face à l'écran où des lions poursuivent un buffle dans la savane ou bien des ours attrapent des saumons, les déchirent, les dévorent. Est-ce qu'il regarde ? Impossible de savoir où il est.

La sonnerie retentit. C'est un pépiement d'oiseau. Bernard ouvre la porte, Betty pénètre dans le salon, s'approche tout de suite de son lit. « Elle est belle ta robe ! » Il n'aura prononcé que cette phrase, ce samedi midi-là. D'autres jours passeront, muets.

Des robes, il en a cousu. Sa coquette fille lui montrait un modèle, il inventait les patrons, vérifiait les mesures, à tout hasard, avec son mètre ruban. Il coupait, montait, cousait. Je le suivais dès qu'il utilisait ses ciseaux crantés. Enfant, je les lui empruntais pour des découpages de papier. Il me les reprenait en soupirant. Ce n'était pas fait pour jouer.

Nous partagions le goût des chemises, plus que tout. Le sien datait de la Libération. Il avait d'abord porté l'uniforme des G.I. servant comme cuisinier en Franconie dans l'armée Patton. Chez les « Américains », il avait dormi dans des baraquements autres que ceux dont il était sorti. C'était souvent joyeux : on voulait s'amuser, sentir que le pire était derrière.

Certains émissaires, arrivés de Palestine, voulaient en faire un pionnier prêt à bâtir un État dans le désert, à marcher en chantant, et à partager des slogans pour faire corps. Et faire corps, cela commence avec les vêtements. Tout appartient à tout le monde ; le vêtement qui vient, celui qui le voit le prend.

Or lui, le jeune homme, il tenait à sa chemise. Lui qui, pendant trois longues années, dans le chaos des camps allemands, avait attrapé sans réfléchir le premier haillon à sa portée.

Farouchement indépendant, soucieux déjà de son apparence, le fringant jeune homme aux yeux gris-vert avait quitté le groupe, était sorti des rondes endiablées, avait déserté les fêtes ; il avait renoncé aux slogans et à l'idée de défendre, sous un soleil de plomb, un État neuf.

Ses mains de tailleur, teinturier, bricoleur, cuisinier. Ses mains aussi bavardes que lui – redoutablement efficaces.

Les responsables de « la colonie scolaire » avaient fourni un dossier à mes parents, ces deux cœurs secs qui m'expédiaient dans une station balnéaire du Pas-de-Calais. Bon climat, vie en plein air, plage, copains, le paquet était bien ficelé. On était au mois de juillet et à part marcher jusqu'aux fossés du château où des chats errants cherchaient les restes du duc d'Enghien, je risquais de trouver le temps long. Inutile d'argumenter de façon rétroactive : des jouets, des livres d'Histoire, la liste des Conventionnels et des maréchaux d'Empire écrite sur des feuilles de cahiers suffisaient largement à m'occuper. Au pire, une balade au bois en passant devant l'usine Kodak.

Le dossier donc. Vaccinations à jour, personnes à contacter en cas de nécessité, règlement de la colonie et acompte à régler, le solde un peu plus tard (comme si on pouvait se rétracter) et le trousseau.

La liste serait collée dans la valise, à l'intérieur du couvercle. Nous avions posé une pile sur le lit, ma mère cochait au fur et à mesure (*nous* ? non : elle a tout fait toute seule). Il a fallu compléter par quelques achats. Je n'avais sans doute pas de casquette. Mon bagage a été bientôt rempli. Je ne pouvais pas emporter mes grands albums illustrés, et je n'osais pas prendre de voitures miniatures par crainte des moqueries.

Elle a dû oublier la crème solaire. Dans le Nord, ça ne s'impose pas. Je n'en aurais pas mis, de toute façon. Mal m'en a pris. J'ai attrapé des coups de soleil, le dos me brûlait, me démangeait. Quand la cohorte rentrait de la plage, nous nous arrêtions au kiosque du marchand de glaces et je commandais un cornet à la pistache. Je ne comprends toujours pas pourquoi : je n'aime que le chocolat.

Faire sa valise après avoir établi la liste des vêtements nécessaires reste un motif d'angoisse. Où que j'aille, j'oublie un pull, un pantalon supplémentaire ou de quoi me protéger de la pluie. Et bien sûr le couvre-chef.

Mon père n'était pas très bon tailleur pour hommes. C'est une litote. Il était mal à l'aise pour façonner une veste, ne savait rien faire d'un pantalon sinon – et à la perfection – un ourlet en posant une talonnette protectrice. Il a taillé un costume de mousquetaire pour un de ses petits-fils, un blouson pour un autre, en cousant un écusson sur la poitrine ou la manche gauche. Le sigle d'une marque de moto, il me semble. Quand il fallait m'habiller, il m'emmenait en voiture chez des copains grossistes rue de Turenne ou de

Normandie. Il suivait les essayages, vérifiait que le costume tombe bien. Les séances d'essayage étaient brèves. Je n'avais pas d'avis tranché. Il a fallu attendre le printemps 68 pour que je clame haut et fort un soudain coup de foudre pour une chemise bleu pétrole et un jean Levi's. Le bleu était entré dans ma vie et, du côté des filles, il y eut la mystérieuse Françoise M. au regard bleu.

Mon père s'est aventuré, j'étais déjà adulte, à me coudre une veste en velours dans les tons beiges ou d'un jaune ocre, je ne sais plus. Il avait cousu des boutons ronds faits dans un simili cuir qui me donnait des allures de gentleman-farmer. J'ignore ce qu'elle est devenue.

Jamais il n'aurait dû devenir tailleur. Il est entré dans un atelier de Belleville, en 1947. Tout le monde parlait yiddish. La rue Ramponeau, la rue Julien Lacroix, le boulevard avec ses cafés, les Folies, la Vielleuse, ce sont des noms qui me sont familiers. Mais jamais il n'aurait dû devenir tailleur. Son père, le maître tailleur pour hommes diplômé de Berlin, avait toujours refusé de lui apprendre les gestes du métier. Son fils s'asseyait sur un tabouret de l'atelier pour écouter les récits. Il y avait l'histoire du meneur que la police venait chercher tous les 30 avril, pour un 1er mai au ballon. Il y avait celle du gars qui avait fait le coup de poing contre les bandes antisémites d'un certain général Haller. Il y avait cet autre qui avait perdu un bras lors de la guerre russo-japonaise, au fin fond de la Sibérie. L'enfant écoutait. Il ne tirerait jamais l'aiguille.

Il aurait pu aller et venir à travers la campagne à la recherche de puits ou de sources. Ça lui plaisait, et si on l'avait laissé faire les études qu'il souhaitait, il serait devenu ingénieur. « L'université » dont il dépendait au début des années 1940 lui imposait une autre orientation. Il a été ferblantier après avoir été homme de ménage. Il a joué les Coupeau (l'absinthe en moins) en grimpant sur les toits corréziens, a réparé des tuyaux et canalisations, débouché des éviers et toilettes.

Bien plus tard, après avoir passé treize ans à nettoyer taches et salissures sur toutes sortes de vêtements, près du Trocadéro, il est revenu à la machine à coudre. Pas bon qu'à ça, mais tout comme.

Il ne m'a rien appris en couture, refusait que je prenne en main une aiguille comme si je risquais de me piquer et de sombrer dans un long sommeil.

Dictée

Avant même de devenir professeur, de proposer l'exercice alors rituel à des collégiens, avant de subir les décomptes négatifs avec des notes sous le zéro (de peu, mais c'était toujours décourageant), j'ai aimé les dictées que nous proposait ma mère.

Nous nous installions à la table, dans la cuisine, pendant l'été, dans la résidence icaunaise de Mémé. Ma mère ouvrait un cahier de vacances, prenait le premier texte venu, et c'était parti. Le rituel était respecté. Nous tirions la langue comme les écoliers sur tous les chromos en noir et blanc. Les points nous permettaient de lever le stylo bille et de souffler. Le changement de paragraphe était un virage à négocier avec adresse, les virgules donnaient la cadence. J'aimais cette course. Au point final, le drapeau à damier se levait, et nous étions soulagés. Enfin, presque. Tout se passerait à la relecture.

La dictée et sa parfaite ordonnance sont à l'opposé des récits maternels. Je l'écoute, parfois je prends note du récit. C'est désordonné, rempli d'incidentes et de coq-à-l'âne. Mais je préfère quand elle raconte. Elle ne peut pas suivre une ligne droite, aller sans s'arrêter du point A au point B. Un détail l'attire, sur lequel elle part et dérive, avant de revenir à ce qu'elle racontait. La digression est plus qu'une parenthèse (dont elle est familière). Elle nous éloigne, oublie toute chronologie, éclaire un autre récit fait la veille ou une heure avant. Elle anticipe peu, n'annonce pas ce qui arrivera. Ce serait trop compliqué. Elle a beaucoup lu Zola, a aimé Balzac, ça ne fait pas d'elle une romancière. Elle a pourtant une spécialité, une « manière » bien à elle. Après avoir raconté, eu l'air de s'égarer en empruntant des chemins de traverse, elle s'interrompt avant de reprendre : « Je t'ai jamais raconté ? » Et ce qui suit ou apparaît sera le trésor caché ou le bouquet final.

Des années après avoir lu le récit de Modiano (je le lui avais offert à sa parution), elle m'a parlé de Dora Bruder et du boulevard Ornano. Elle avait donc vécu là quelques mois, en était partie le 16 juillet. Sa mère, que la police cherchait, s'était cachée dans les toilettes à la turque situées entre deux étages. Elle était prête à se jeter par la fenêtre si les policiers défonçaient la porte.

Cette révélation sur les quelques mois passés boulevard Ornano, je l'ai racontée à Patrick Modiano. Un jour, il m'a envoyé un exemplaire dédicacé d'un de ses romans. Il me remerciait pour ce que je lui apprenais et écrivait ceci : « Ta mère habitait au cinquième étage, la chambre avec balcon. »

J'ai interrogé ma Dora à moi pour savoir où elle avait habité exactement. Au cinquième étage. Une chambre avec balcon.

Toutes les dictées ne se valent pas, et si Betty et moi gardons un bon souvenir de George Sand, Louis Pergaud ou Colette, les fictions que Mémé nous obligeait à écrire en sa résidence estivale nous plaisaient moins. Elle voulait que nous donnions des nouvelles à nos parents, restés en banlieue pour travailler. De bonnes nouvelles. De toute façon, il n'y avait pas de mauvaises nouvelles et la vie ici, dans l'Yonne, était une idylle champêtre. C'était un autre que moi qui écrivait sous la dictée. Il disait que sa chambre lui manquait, ses jouets, ses albums sur l'Histoire, la fantaisie de son père, sa tendresse cachée aussi, tout ce qui fait une enfance.

Mémé avait de quoi raconter. Elle avait vu du pays, traversé bien des épreuves, triomphé de l'adversité dans les pires circonstances. De cela, elle ne disait rien. L'enfer véritable résidait dans les vexations et les mesquineries du quotidien. Une cousine lui avait volé un tableau (la croûte est maintenant accrochée chez Betty dans la chambre d'amis ; et j'aime l'y retrouver). Un neveu s'était mal conduit avec elle. Sur cette terre qu'avait arpentée le Sauveur prêchant l'amour et la concorde, elle était victime d'un complot. Celle qui fomentait tout était une autre nièce. Elle tenait une boutique de souvenirs, cartes postales et sucreries diverses dans le métro de Haïfa, ce port dominé par un curieux temple et de somptueux jardins. Pire : des voisins communistes (qui avaient été forcés de quitter la Pologne en 1956) s'étaient ligués contre elle. Ils allaient s'en prendre à ses plantes ou saboter les coussins dont elle tricotait patiemment la décoration colorée. Mémé n'avait jamais entendu parler de *Macbeth* ni d'*Othello*, mais elle avait éprouvé et incarné chacun des tourments qui rongeaient ces personnages tragiques.

Mon père, maître du récit, est assis devant son cassettophone, dans la chambre éclairée par le soleil du matin. Jamais il ne perd le fil. Il a choisi une chronologie simple. L'enfance est malicieuse, joyeuse, humble, épargnée par le manque. Les vociférations menaçantes du poste de TSF sont couvertes par les voix de Ginger et Fred, l'allégresse de la danse et des claquettes, le chant du canari, le bruit des patins sur la glace, les rires des copains, des voisins, des cousins.

Un jour, une rafale de mitraillette, du sang sur la façade et au bout de trottoir, et tout se transforme en cauchemar.

Il chante la chanson d'Ottmuth, un air inventé par les travailleurs forcés. Il fait des pauses pour nous décrire des moments, des gens, crée de la tension quand il le faut. C'est un conteur qui n'a jamais voulu prendre un stylo. Il fait tout pour que ses enfants le fassent pour lui. Il ne nous le demandera jamais. Sa pudeur, sa modestie. Ou son désespoir ? Une forme de pessimisme qui ne collait pas avec l'image qu'il voulait nous donner, mais lui faisait craindre que l'oubli ne submerge tout ? Il a eu le temps de s'effarer. On affirmait mezza voce que son histoire, celle de millions d'autres, c'était du vent, de la propagande. Le mensonge a poussé des survivants et témoins au désespoir, ou pire. Lui a continué de raconter.

J'entendais il y a peu une émission de radio avec Edith Bruck. Elle avait d'abord été une enfant juive et pauvre dans la Hongrie des années trente. Exclue, moquée ou insultée, elle avait appris à se défendre. Quand elle avait connu la déportation, notamment à Birkenau et à Kaufering (où mon père avait aussi été déporté), elle avait su faire face dans les pires situations.

Après la guerre, elle avait erré avant de se fixer en Italie, d'apprendre la langue, et de se sentir enfin heureuse, apaisée. Elle avait décidé de vivre, d'aimer la lumière, les couleurs. Liée d'amitié avec Primo Levi, lui qui supportait si mal la lumière et restait insensible à la couleur, ou plutôt qui s'interdisait ce plaisir-là. Pour elle, il fallait vivre jusqu'au bout afin de raconter, témoigner. Il n'avait pas pu le faire. À sa façon, elle lui en voulait.

En l'écoutant, j'ai pensé à mon père, à son grand âge, à la maladie qui l'emprisonnait. Le silence qui l'étreignait n'empêchait pas les sanglots, les larmes. J'ai vu la voiture blanche.

Quelle forme donner au récit d'une vie comme la sienne ? Quel lien avec ce qui nous arrive ? Les va-nu-pieds, les errants et fugitifs, les spectres marchent en un flux incessant, et nous regardons ailleurs. Le spectacle et la fête nous rassurent, comme des enfants insouciants.

Des morts

Ma mère fait dans le décousu, mon père dans le cousu main. Il est attentif au moindre détail, une talonnette pour adapter une jambe de pantalon, comme une histoire drôle ou une anecdote glissées au fil du récit. Avec ma mère, il faut suivre, rétablir les liaisons, la chronologie, se rappeler qui est qui.

Ses silhouettes vacillent et je ne suis pas même sûr de ce qui suit, ni du lien qui existait entre les différents locataires (tous de passage) du 41, Ornano. Apparemment, madame Urwicz et madame Fackel étaient sœurs. La première avait retenu une chambre vacante pour la seconde. Madame Fackel était venue avec Bernard, son fils. Monsieur Fackel, époux et père, était prisonnier de guerre en Allemagne. Même situation pour les fils Urwicz. Lesdits Urwicz, des chiffonniers expulsés de leur entrepôt-logement près du canal de l'Ourcq, à Pantin, se retrouvaient au premier étage de cet hôtel meublé. La mère de notre Dora sortait de chez eux au moment même où des policiers suants et essoufflés frappaient à la porte de sa chambre, au cinquième.

Dans ce même hôtel vivaient trois femmes de la famille Goldfeder : Feiga, sa sœur, et Helka, leur mère. Dans une autre chambre logeaient Joachim Gross et sa mère, juifs allemands arrivés en France à la fin des années 1930.

Ma mère avait en main son *Mémorial de la Déportation des enfants juifs de France* quand elle m'a parlé de ceux qui étaient ses voisins, en juillet 42. « Joachim Gross avait un frère, déporté. Je dis déporté, à l'époque, on savait rien… Il y avait bien un Polonais… Il racontait qu'il avait vu des foules de gens en habits rayés, poursuivis par des chiens. On les entassait dans des camps, où ils ne survivaient pas plus de quelques semaines. Mais tout le monde disait qu'il voulait nous faire peur, que c'était un antisémite… »

Le frère était parti, Joachim avait été arrêté puis libéré : selon ma conteuse, son diabète l'avait sauvé. « D'ailleurs, on s'amusait parce que Feigele (on l'appelait rarement Feiga) avait de l'albumine. On disait qu'on les marierait, lui avec son diabète, elle avec son albumine. »

Joachim Gross a échappé aux rafles. Il est mort de sa maladie : il ne pouvait plus se soigner. Après la guerre – ou bien pendant ? ma conteuse n'est pas claire – la mère de ce pauvre garçon est allée sur sa tombe et en nettoyant la pierre, elle s'est blessée. Elle est morte de septicémie. Je ne sais pas à qui Dora a servi d'interprète à la Conciergerie, ce fameux jour de juillet. Elle passait sans tracas. Elle n'était pas étrangère, elle ne figurait pas sur leurs listes. Bref.

Dans un de ses récits, Dora est interprète, traduit les mots de madame Gross et sort Joachim de cellule. Dans une autre version, elle remplit le même rôle pour Bernard Fackel. Mais est-ce le même jour ? Dans le même lieu ? Tout se confond et seul un historien avisé, doté d'un dossier en ordre, pourrait interroger ma mère. Ou aurait pu : sa mémoire s'est pour partie volatilisée.

Feigele Goldfeder, son nom de famille laisse rêveur : plume d'or. Je possède deux photos d'elle, deux petits carrés à peine plus grands que des timbres, aux bords dentelés. On la voit dans une clairière. J'imagine le bois de Vincennes. À moins que ce ne soit dans un parc de Varsovie, sa ville natale.

Feigele avait, comme toutes les adolescentes de son époque, une idole. La sienne, c'était Charles Trenet. Son portrait était épinglé sur le mur de sa chambre, au-dessus de son lit. Contempler cette photo l'aidait à surmonter les interdictions, les humiliations, les blessures ; la honte qu'elle éprouvait à croiser les regards quand elle marchait dans la rue, avec son étoile jaune. Des affiches sur les colonnes Morris et sur les murs de la ville annoncent sa venue. L'idole de Feigele, celui qu'elle aime et qu'elle admire, celui qui rend sa vie plus légère, Charles Trenet donne un récital à l'ABC, sur les Grands Boulevards. Elle achète deux places, la seconde est pour sa sœur. Elle a ôté son gilet, elle entre dans le grand hall bondé de l'ABC. Le lendemain, tout l'immeuble saura où elle était, chacun verra les étoiles dans ses yeux de jeune fille.

En juillet 42, les Goldfeder, la mère et les deux filles figurent sur une liste. Le père est déjà parti.

Je ne peux pas écouter Trenet ou Montand sans l'émotion de Feigele, ou de Dora. Je suis alors quelque part dans l'escalier du boulevard Ornano, un filet à provisions à la main.

Aujourd'hui, ma mère a tout oublié, mais pas « La Romance de Paris ».

Lieux sans nom

Il a écrit sur la page d'un bloc à petits carreaux, formant, je le vois sans l'avoir sous les yeux, des lettres que je dirais cunéiformes, faute de mieux. Les angles droits sont nets. Il écrit au stylo bille. Une pleine page est remplie et une partie du verso. Il a tracé un plan menant de la gare au quartier de son enfance. Le nom des grands axes y figure.

Au téléphone, peu avant mon départ pour son pays natal, il m'a assuré que je n'aurais aucune difficulté à questionner les habitants. Dans la région, on a toujours parlé allemand.

Dès mon arrivée à la gare, je vois une ville en travaux. Ou plutôt en pleine reconstruction. Un chantier a quelque chose de stimulant. Il annonce l'avenir, promet du neuf, une chaussée recouverte de bitume, de la couleur sur les façades de magasins. Ceux-ci, très rares, semblent tous fermés. C'est un dimanche de juillet. Les jours suivants, je comprendrai que les pénuries étaient alors fréquentes, les gens faisaient la queue pendant des heures pour arriver devant des étals vides. On achetait ce que l'on pouvait : faire des provisions de n'importe quoi était une activité en soi, comme travailler – ou attendre.

Je n'ai croisé personne sur le chemin menant à la rue où il avait habité. Je regardais le plan tracé sur ma feuille de papier, je vérifiais les correspondances avec les noms inscrits sur les plaques. Sa mémoire restait solide.

Ici et là quelques types, parfois endimanchés, titubaient. Il n'y avait rien à boire dans les magasins. Ailleurs on distillait je ne sais pas trop quoi. Une tradition développée jusqu'aux confins de la Chine. Tout peut faire alcool. À défaut, l'antigel est un ersatz courant.

J'ai dû croiser des habitants dans ces rues grises. Un couple avec enfant dans sa poussette ? Une vieille femme ? Un passant qui aurait l'âge de mon père ? Peut-être l'un de ses copains d'enfance, celui qui voulait devenir prêtre. J'ai interrogé des passants. Je cherchais le cimetière. *Zmientach,* avait dit mon père au téléphone. J'avais retenu ce mot au cas où *Friedhof* ne suffirait pas. On m'a regardé sans comprendre. Quel *Cmentarz* ou *Zmientach* ? J'essayais de m'expliquer en allemand. Les visages se fermaient. On avait dû longtemps parler la langue des voisins avant qu'ils n'envahissent le pays, l'occupent, le méprisent et le maltraitent. Avant l'époque où mon grand-père partait en apprentissage à Berlin et revenait fonder une famille à Sosnowiec, sa ville d'origine. Converser dans cette langue au sein de l'atelier était alors un signe de distinction.

Je n'ai pas trouvé ce cimetière, et s'il avait existé, je ne sais quelles tombes j'aurais pu reconnaître. Les cousins ? Jetés dans une fosse commune ou disparus dans la fumée. Qui d'autre ?

Le quartier si vivant qu'avait habité mon père n'était que taudis, façades noirâtres, ruines et terrains vagues. Son immeuble tenait debout : une cour, deux étages, des gouttières et tuyaux fixés à la grâce de Dieu, lequel semble avoir depuis longtemps déserté la place. J'ai pris quelques photos. Je n'avais sans doute rien vu. Qu'y avait-il à voir au fond ?

Une fin d'été, nous rentrions d'un séjour chez Szmulek, le cousin qui vivait en Allemagne, et nous sommes passés en Lorraine. Betty et moi étions assoupis sur la banquette arrière de la Simca, las de ce voyage interminable. C'était une nuit profonde, quelques rares lumières surgissaient, par-ci par-là, comme si un couvre-feu dont on ignorait le motif avait été décrété. J'ai distingué des bâtiments massifs, alignés dans cette zone périphérique. De celles qu'on abandonne aux cirques et aux « gens du voyage ». On aurait pensé à une prison, mais en ce cas un unique bâtiment avec des tours de guet aurait suffi. C'étaient des casernes construites par les Prussiens, quand les régions frontalières étaient encore occupées et administrées par nos voisins. Je l'ai su bien plus tard. Mon père roulait lentement sur une route pavée qui mettait les amortisseurs à l'épreuve. Je contemplais le paysage nocturne, dans mon état de demi-sommeil et j'étais impatient de m'éloigner de Metz, ville ce soir-là fantomatique. Elle avait habité une rue dont le nom contraste avec cette vision cauchemardesque : rue de Ladoucette.

Dans la même lettre rédigée de son écriture « cunéiforme » sur le bloc à petits carreaux, mon père me donne des indications précises sur le baraquement où il était détenu à l'été-automne 1944. Je verrais le châlit où il était allongé, collé à d'autres, recouvert par ce qu'on appellerait je ne sais pas quoi.

Aujourd'hui, des guides sont capables de tout raconter, de tout expliquer à des groupes venus par cars entiers des quatre coins du monde. Et pour qui préfère la visite individuelle (entrée libre), des panonceaux les aident à s'orienter.

J'ai visité les deux camps où mon père était passé. Un train de banlieue m'a déposé à la gare locale, un train presque vide en ce mois de juillet pendant lequel – c'est ce que je crois – il ne se passe rien. J'ignore alors que dans un grand port à l'extrémité nord du pays, un syndicaliste moustachu mène une grève et sème la pagaille (j'écris ces mots avec jubilation, quarante ans après, et je revois l'énorme stylo bille à l'effigie de Mickey grâce auquel, fin août, il signera les accords avec un pouvoir communiste exsangue). Mais ici, lorsqu'on visite en touriste et qu'on ne parle pas polonais, à l'autre extrémité du pays, on ne sait rien.

Je visite cet endroit dont je connais l'existence depuis longtemps, depuis toujours. Depuis que mon père qui aime les chemisettes dévoile son avant-bras gauche.

J'associe ma découverte de son tatouage – la lettre A suivie des cinq chiffres – à Nice. Sur la Promenade des Anglais. Enfin, je me trompe sans doute : je n'avais qu'un an, je ne savais pas lire et je regardais devant moi pour ne pas tomber. La révélation est venue plus tard, et la déflagration des récits n'a jamais cessé de retentir.

Le camp principal m'impressionne peu. Ces bâtiments en brique rouge, d'anciennes écuries pour la cavalerie de l'armée locale, n'ont rien d'effrayant en soi. À l'intérieur, de pauvres animations, de pauvres jeux de lumière, peuvent donner une pauvre idée de ce qui fut.

Sur un mirador, un projecteur balayait la nuit. Ailleurs, derrière une plaque vitrée, un empilement de valises, de prothèses ou de lunettes, des touffes de cheveux emmêlés rappellent ce que les détenus appelaient « Canada ».

Bien des années après, visitant les installations de Christian Boltanski, j'ai été autrement bouleversé. Son art, plus que la reconstitution sur les lieux, donnait forme à ce qui avait été, à la mémoire qui en resterait.

J'ai marché jusqu'à l'autre camp, la lettre de mon père en main.

Je ne pouvais pas manquer ce qui fait image depuis qu'en ce lieu tout est silence : les rails, le portail d'entrée, la rampe au bout de laquelle deux files se séparaient devant un officier muni d'une badine.

J'ai vu, j'ai vu, j'ai vu.

Je n'ai rien vu de plus que ce que j'ai entendu lorsque mon père racontait, rien de plus que ce qu'il enregistrerait plus tard pour moi, dans son atelier baigné de soleil, sur des cassettes audio.

J'ai pris des photos. Sur l'une d'elles, on voit un jeune couple allongé dans l'herbe drue, non loin d'un baraquement. Les amoureux s'embrassent.

Séparations

La scène se déroule au moment où le train de voyageurs va quitter la gare. Salek n'a pas choisi de partir. On l'a pris dans une rafle, lui comme d'autres, et ils ont dû payer leur billet pour le camp de travail forcé. Il paiera tous ses transferts, mais le sait-il ? Et quelle importance, là, alors que son père se penche depuis la passerelle surplombant les quais pour lui adresser un dernier salut ?

Dernier salut. Il ne le sait pas. Il a seize ou dix-sept ans, il n'a pas eu le temps d'être adolescent, d'être amoureux, d'être rebelle. Il raconte le geste de son père, à froid, longtemps après. Que sais-je de l'émotion qu'il éprouve ?

C'est à l'autre bout de l'Europe, loin de la fureur, des flammes et des trains circulant nuit et jour. Dora est descendue du train dans une gare en bord de Loire, pris un car pour une ferme, non loin des forêts de Sologne. Ce sont les premiers jours de juillet, elle a onze ans, elle porte une robe d'enfant toute légère. C'est tout ce que je sais d'elle. Enfin, non : je vois ses cheveux noirs, ses yeux noirs, tels qu'ils seront sept ans plus tard sur sa photo de mariage. Mais alors il y aura aussi son sourire et peut-être (mais je décadre mentalement l'image) sa main sur celle de l'amoureux.

La ferme est gardée par des gendarmes patelins. Ils ne savent pas trop ce qu'ils font là, à surveiller une bande de péquins qui piochent, bêchent ou manient le rabot et le marteau, histoire de s'occuper. Qui sait quand ça finira, cette comédie ? Personne ne sait où se jouera le dernier acte. Le gendarme de service au portail vise les papiers. Il laisse entrer la fillette. Sans doute est-il étonné de la voir seule. Est-ce qu'il lui demande pourquoi et comment elle est venue, à son âge ? Je ne sais plus si elle me l'a raconté. Seule reste cette date du 3 juillet et la dernière vision de son père dans sa salopette bleue d'ouvrier sans ouvrage. Elle ne se remettra jamais de leur séparation.

J'ai du mal avec les séparations. Avec toutes les séparations, même provisoires. J'essaie d'éviter les ruptures. Je m'éloigne sans trop casser. Je peux attendre très longtemps. Voir partir qui j'aime ou qui m'a accompagné, c'est un moment difficile. Je n'écrirai pas douloureux, par égard pour qui part sans le vouloir, pour qui doit choisir ou subir l'exil. Non, seulement difficile. Je n'ai pas d'explication à cette émotion. Elle m'étreint, elle me laisse désarmé quelques heures ou plus, et puis tout passe.

Peut-être ai-je voulu oublier le pire. Je devais avoir neuf ans quand la chambre de mes parents a été interdite. L'atelier dans lequel mon père assemblait les pièces de tissu est resté vide. Il n'y descendait plus. Pendant plusieurs semaines, le médecin de famille, reconnaissable à sa grosse sacoche en cuir, venait le soir. Il attendait que Betty et moi soyons à distance pour parler à voix basse avec ma mère. Ces conciliabules ne m'inquiétaient pas vraiment. Je devinais que mon père n'était pas en forme. La grippe ou autre chose, l'ordinaire. Seul mystère, je n'avais pas le droit de voir le malade. Je respectais les frontières de l'appartement, je n'interrogeais pas ma mère qui ne laissait rien paraître. Betty et moi évitions les disputes d'enfants ; nous restions occupés à nos jeux, et aux devoirs pour l'école. Il ne fallait pas lâcher ça.

Un jour enfin, mon père a ouvert la porte de sa chambre et il est venu à table. Il avait l'air fatigué, mais il a dû sourire ou plaisanter, fidèle à ses habitudes. Le soir, nous avons bu du Vittel Délices, le soda des fêtes. Sans doute avons-nous regardé un film à la télévision pour que la fête soit complète. Il n'est pas descendu dès le lendemain dans son atelier. Pendant quinze jours, il est parti se remettre à la montagne. Une photo de lui me reste : chaudement vêtu, il est debout sur ses patins, en plein air sur la glace, à Leysin.

Des mois après, je crois, j'ai appris que la maladie qui l'avait rendu inaccessible était le « typhus récurrent » ; la répétition de ce mal terrible dont il avait souffert à la Libération du camp. Nous aurions pu être à jamais séparés de lui.

Un jour de juin 2010, au sortir d'un hôpital dans lequel on m'avait posé des stents, intervention désormais anodine, j'ai rejoint mon père. Il était venu passer quelques jours en France, pour me voir. Il avait dit à ma mère qu'il s'inquiétait. Sans doute voulait-il changer d'air, et revoir aussi sa sœur complice. Et, gourmand comme je le connais, je crois qu'il avait souhaité « faire une virée ». Nous avions longé le boulevard qui va de la Salpêtrière aux Gobelins. Il voulait porter mon sac. Lequel n'était lourd que de quelques livres, d'un change et d'une trousse de toilette. Nous n'avions pas étudié à l'avance les guides pour fêter cette occasion dans un restaurant gastronomique. Une brasserie, à un angle d'avenue, a fait l'affaire. Nous avons pris une entrecôte, chacun. Peut-être un dessert. Une île flottante pour moi ? Une mousse au chocolat ? Il a sans doute choisi une glace au café. Nous avons parlé de choses et d'autres. Avec lui, ce n'était pas difficile. Il aimait converser, raconter, et se posant en spécialiste de géopolitique, monter sur de grands chevaux, avant d'en descendre promptement et de changer de monture. Les idées n'étaient pas son fort et je lui en sais gré. J'ai appris grâce à lui à m'en méfier, surtout quand elles prétendent au bonheur de l'humanité.

Il avait tenu à régler l'addition.

Le surlendemain, je l'ai raccompagné à l'aéroport. Nous nous sommes quittés dans la zone de dépose rapide, en nous embrassant hâtivement. «*Zai mir gesind!*» De plus en plus souvent, il me parle en yiddish. Ce sera la règle jusqu'à ses derniers jours.

C'était son dernier grand voyage, sinon dans la voiture blanche.

Oui, je déteste les séparations.

Betty et moi sommes en colonie de vacances. Cette vie avec les autres, le dortoir, le réfectoire, le chemin de la plage, la plage et chaque jour le retour du même, cette vie-là me déplaît, m'attriste. Le Quatorze Juillet, on a le droit de recevoir des visites. Une belle voiture toute neuve s'arrête à l'entrée du bâtiment. Mes parents en sortent, refermant délicatement les portières. C'est une

Simca Aronde Étoile Super 6. J'entends encore mon père le dire, d'un seul tenant, avec fierté.

Nous faisons une virée au Touquet, le temps d'y déjeuner au bord de la mer, moules-frites pour tout le monde. Nous nous promenons dans les rues commerçantes, une petite coquetterie pour Betty, un *Journal de Mickey* pour moi et retour à la colonie. À l'entrée, d'autres familles remplissent l'espace devant le portail de la colonie. On se dit au revoir, après des recommandations sur l'ambre solaire ou l'usage de l'argent de poche. On se sépare joyeusement.

Nous pas. Assis dans l'escalier de secours en fer, nous pleurons, Betty et moi, comme si nous devions ne jamais les revoir, partis dans cette Simca Aronde Étoile Super 6. Seuls dans cette bâtisse remplie d'enfants, et qui pour nous empestait le Cresyl.

Ailleurs encore, et c'est dans l'Yonne. Notre grand-mère possède de nombreux déguisements dans son armoire. Elle est la nourricière qui confectionne le biscuit de Savoie, la sentimentale qui pleure sur les fleurs défuntes, l'égarée qui ne sait ni où elle est, ni quand. Elle est aussi la mégère d'une comédie boulevardière, en scène sur le perron de la maison, vêtue de sa robe de chambre et chaussée de pantoufles, houspillant son mari pour un motif dérisoire, en V.O. non sous-titrée.

Aujourd'hui, j'aime presque tous les costumes qui remplissent son armoire de comédienne, et j'apprécie son sens du spectacle. Elle peut aussi se changer en sorcière. Par exemple, celle dont elle se délecte à nous conter les méfaits, dans Hansel et Gretel. Elle attire les deux enfants dans sa maison, choisit le plus dodu pour le mettre à rôtir dans son four. Mais il nous faut cohabiter avec cette Mémé-sorcière, connaître les moments d'ennui, subir ses exigences désuètes et tyranniques, écrire les lettres mensongères qu'elle nous dicte, assister impuissants au martyre que subit son époux ou l'entendre fulminer contre tel ou tel, qui l'a encore trahie. Elle s'est inventé des kyrielles d'ennemis. Elle signe des armistices pour mieux reprendre bientôt la guerre.

Arrive dans la rue principale la Simca bleu ciel. Et tout s'éclaircit, le temps d'un 14 juillet ou d'un 15 août. Ils n'ont pas claqué la portière de la voiture qu'ils ont déjà sorti la valise du coffre pleine de surprises, peut-être un livre, des jouets, une barrette ou un collier. Mémé fera des reproches à sa fille, se plaindra de son époux (le sien, car celui de sa fille, elle l'adule, le vénère !) et bientôt, le temps s'arrêtera à nouveau. La Simca bleu ciel quittera la rue principale du village. Nous la regarderons s'éloigner, assis sur le perron, éplorés.

Séparation, réparation. Une lettre suffit pour que des douleurs et du chagrin de mes parents naisse une forme. Pendant soixante-dix ans, mon père et ma mère ne se sont guère séparés. Ils se réparaient ensemble.

Angoisses

Elle a passé la trentaine ; j'ai dix ans ou presque. Elle me raconte un cauchemar. Elle nous voyait, mon cousin et moi (lui à peine plus âgé que moi), marchant entre des baraquements alignés. Les barbelés électrifiés n'étaient pas loin, le projecteur du mirador balayait les allées. Nous allions lui et moi sur le chemin boueux, l'air accablé. Nous n'avions pas de chaussures.

Ma mère a raconté ce cauchemar à de nombreuses personnes, des amis, des connaissances. Elle n'était pas bavarde et reste plus discrète en société (en a-t-elle le choix avec son inépuisable disert polyglotte de mari ?). Cette image des deux garçons démunis, allant pieds nus dans la boue, demeurera pour elle l'image même de son angoisse.

Qu'est-ce qui reste en moi de ces récits familiaux ? Et surtout, maintenant, qu'est-ce que je transmets à mes fils ?

Je sais, par Camille de Toledo dans *Thésée, sa vie nouvelle*, que les traumatismes, les maux physiques les plus curieux ou incompréhensibles, on en hérite à travers quatorze générations. Les plus grandes angoisses et leurs manifestations corporelles remontent à un ancêtre qui a vu passer l'arrière-garde affamée de la Grande Armée rentrant défaite de Russie, d'un autre qui a survécu à un pogrom dans l'Empire des tsars, d'une jeune femme violée dans quelque bourgade de Galicie quand Rouges, Blancs ou Polonais mettaient la terre à feu et à sang. Je n'ai pas calculé ce que représentent quatorze générations. L'histoire de nos angoisses est si féconde qu'en faire la somme donne le tournis.

Et depuis que j'ai entendu les récits familiaux, depuis que « Plus jamais ça » est devenu un slogan aussi creux que « Le fascisme ne passera pas ! » scandé dans les cortèges, le réservoir à angoisses a eu le temps de se remplir. On se demande si cette planète Terre restera vivable. Je n'énumère pas toutes mes peurs, les nôtres plutôt – moitié par peur moitié par superstition. Des images défilent sur les écrans, remplissent les affiches des ONG, des enfants marchent pieds nus dans la boue, ou sur le sol craquelé par la canicule. On voit cela sans cesse ; on ne le voit plus.

Un couple de vieux juifs rescapés ayant émigré vers le Pérou ou le Chili, au sortir de la guerre, est assis dans sa cuisine, l'oreille tendue vers le transistor. Le speaker aborde la rubrique football. Le Salvador a battu le Guatemala en match amical, 3 à 1. Alors la vieille femme interroge son compagnon : « C'est bon pour nous ? »

J'ai souvent entendu cette question, parfois transformée en « C'est pas bon pour nous » dans des circonstances variées : crise politique, chute brutale de la bourse, pandémie.

Avant de s'intéresser aux documentaires animaliers, mon père était intoxiqué par les remugles de l'information en continu. Dans le lieu idyllique qu'il a élu, l'actualité est brutale, souvent sanglante, et donc riche en émotions et réactions indignées. Sans compter que les responsables politiques, cherchant à flatter leur électorat dans le sens du poil, galopent à bride abattue sur le cheval « Sécurité » toujours en tête des tiercés, suivi de ses concurrents « Ripostes » et « Identité ». Il s'installait dans son fauteuil relax qui, comme l'indique son nom, favorisait la sieste après la lecture du quotidien local anglophone.

Sur l'écran défilaient des images atroces, suivies de déclarations péremptoires et d'analyses fumeuses et, même sans comprendre la langue, on sentait que spécialistes et experts en tout et rien étaient « au taquet ». Mon père zappait. Un nouvel expert commentait les mêmes images atroces, le bain de sang, les avions de chasse prêts à décoller. La tragédie, réelle, douloureuse, vécue et partagée par beaucoup, devenait un spectacle. Mais de son canapé, télécommande en main, les yeux fixés sur l'écran, il ne voyait pas la mise en scène. Il voyait le réel dans toute sa nudité, sa brutalité, et que ça ne serait jamais bon pour nous. Nulle part.

Quelques années plus tard, allongé dans le lit médicalisé, son regard flottait vers l'écran. Dire qu'il regardait serait abusif. Arte comme souvent proposait un documentaire. L'heure n'était pas aux oiseaux migrateurs ou à la faune des bayous, pas non plus aux recettes de cuisine slovènes ou suédoises. Un long convoi tiré par une locomotive traversait l'Inde d'est en ouest. Il y avait des wagons débordant de passagers, d'autres de marchandises des plus hétéroclites.

Soudain, il a fondu en sanglots. La cousine qui s'occupait de lui a appuyé sur la télécommande : dans le silence d'un court de tennis, deux champions ahanaient en tapant dans la petite balle jaune qui claquait.

Je devais avoir seize ou dix-sept ans et, dans ma chambre, j'écoutais de la musique sur l'électrophone stéréo que je possédais depuis peu. Je ne sais plus pourquoi, j'avais acheté un disque de Terry Riley, *Poppy Nogood and the Phantom band.* (Je viens de vérifier cette référence et en écrivant, j'écoute cette mélopée répétitive.) Ma mère est entrée, avec visiblement quelque chose à me demander. Elle est restée figée quelques instants. Et, tout à coup, elle a éclaté en sanglots. C'était inexplicable. J'ai soulevé le bras de l'appareil, et elle a retrouvé le calme, un peu d'assurance.

Cette musique ne la gênait pas comme le rock bruyant et tourmenté qu'elle ne supportait pas, non, c'était plus intense, plus profond et douloureux.

Elle qui aimait la voix d'Yves Montand et certaines chansons de Danielle Darrieux, Cora Vaucaire ou Édith Piaf, elle pouvait aussi tomber sous le charme d'une ritournelle mêlant de la musique électronique à quelque chose d'autre, mais qu'est-ce qui la bouleversait autant ?

Je n'ai jamais fait écouter à ma mère « Different trains » de Steve Reich. Le hurlement des sirènes, le roulement des trains, le sifflement de la locomotive qui file dans la nuit, tout ce que le musicien assemble dans cette œuvre, elle ne pourrait pas le supporter. Elle a beau prendre un anxiolytique rendant son humeur aussi égale que la bulle dans un niveau, elle entendrait l'Histoire qui hante cette pièce musicale.

Moi-même, pour écouter, je dois rester seul. Certaines émotions sont si vives que le bonheur qu'elles suscitent, mêlant douleur et beauté, je ne peux pas les partager.

Réparations

Les feuilles de papier pelure jaune issues de la valisette en skaï noire, je les ai lues, relues. J'en ai recopié des passages dans ce que j'espérais être le récit de leur vie, à mes deux « étoiles ». Étoiles, oui. Elles vacillent, fragiles.

Je voyais quelque chose d'extraordinaire dans le parcours cauchemardesque de l'un, et dans les aventures dangereuses de l'innocente, l'inconsciente et téméraire. Et plus encore dans leur rencontre, comme s'ils vivaient à des années-lumière l'un de l'autre.

Ces pages, ces récits minutieux truffés d'indications de lieux, remplis de noms propres, peuplés d'innombrables figurants, ont fini à la trappe.

Je me rappelle cet éditeur me disant de façon brutale que des manuscrits comme le mien, il en lisait vingt par mois. Il avait raison : ces récits occupent des rayons entiers dans les bibliothèques et les librairies. J'ai essuyé d'autres refus. J'ai tout abandonné et voulu oublier.

J'ai devant moi ces feuillets jaunes tapés à la machine au début des années soixante. Les entreprises allemandes ayant massivement bénéficié d'une large main-d'œuvre gratuite, corvéable à merci, avaient décidé – ou plutôt elles avaient été convaincues par l'État fédéral – de dédommager les esclaves qui avaient survécu. Je ne sais pas si Bayer et IG Farben en étaient, mais Krupp, qui avait exploité mon père, oui. Des juristes d'entreprise s'étaient mis au travail, avec zèle, représentant les anciens déportés et travailleurs forcés. Mon père se rendait parfois dans des bureaux d'avocats, avenue de Suffren, boulevard de la Tour-Maubourg ou avenue de La Bourdonnais.

Wiedergutmachung: je décompose ce mot comme j'ai appris à le faire au lycée, vers l'âge de treize ans. *Wieder*: de nouveau, *Gut*: bon ou bien, *Machung*: faire (moins le verbe que le substantif). De façon littérale, rendre bon de nouveau. En français, la réparation.

Qu'est-ce qu'on répare? Qu'est-ce qui peut être réparé? Des rescapés, d'anciens partisans et combattants avaient rejeté les accords signés entre l'État fédéral allemand et l'État d'Israël. Ils refusaient l'indemnisation. Les anciens nazis vivaient paisiblement, continuaient de travailler et de fêter Noël. Le crime qu'ils ont commis n'a pas de prix. Pour ceux qui ont perdu la santé, un organe ou un membre, la vie quotidienne a un prix. Ben Gourion avait signé avec Adenauer.

Mon père n'était pas cassé. Pas en apparence. Ses coups de colère pouvaient être mis sur le compte de son caractère soupe au lait. Il n'a jamais été brutal ni violent. Mais ma mère racontait amusée comment il avait entrepris de retourner le bureau du directeur d'une agence de voyages à Athènes. Le paquebot qui les menait à Haïfa avait du retard. Ils étaient obligés de passer à leurs frais plusieurs jours caniculaires dans la capitale grecque. À eux de se débrouiller, la compagnie ne pouvait rien faire. Face à la colère de mon père, le directeur avait bientôt trouvé une place pour eux chez un concurrent.

« C'est un ancien déporté. » Quand elle avait dit ça, ma mère avait tout dit.

Pour le soigner, chaque année, l'État fédéral d'Allemagne lui offrait une cure. Certaines stations thermales, vers le lac du Bourget ou le lac Léman, permettaient à de nombreux curistes de partager des souvenirs récents ou d'évoquer les brillantes études d'un fils ou d'une nièce. Nous avons ainsi passé plusieurs étés à Thonon-les-Bains. Les jours de pluie, nous allions au cinéma. Je n'avais pas aimé *Autant en emporte le vent*, mais adoré *La Chute de l'Empire romain*. Mes parents buvaient des limonades en compagnie de Liliane, la presque « sœur » de ma mère, et de son mari. Liliane, bonnet sur la tête, tentait de tempérer son mari. Il maugréait, tempêtait ; la montagne, décor majestueux en arrière-plan, nous rendait sereins, comme si l'éternité qu'elle incarne préservait toute chose. Puis les cures ont cessé parce que ma mère ne voulait plus voyager.

Avant de percevoir sa pension, il avait dû remplir les papiers exigés par les avocats de l'entreprise Krupp. Il fallait justifier de façon rigoureuse son identité et sa situation. Par quel moyen de transport (à pied ? à bicyclette ? en train ? autre ?) il s'était rendu d'un lieu de servage à l'autre. La bicyclette lui étant interdite par les ordonnances de l'occupant, il avait privilégié la marche et le train, payant le transport ferroviaire. Il lui était aussi demandé d'indiquer les lieux et les dates. Je recopie ici le trajet (je traduis en préservant l'orthographe employée) :

1939 - avril 42 : Sosnowice
ghetto

avril 42 - juin 42 : Ottmuth
camp de travail forcé

juin 42 - mars 44 : Markstadt
camp de concentration

mars 44 - juin 44 : Ludwigsdorf
camp de concentration

juin 44 - novembre 44 : Auschwitz
camp de concentration

novembre 44 - avril 45 : Landsberg
et autres camps de concentration.

Mon père n'a pas résidé dans la prison qu'Hitler avait fréquentée vers 1923. Il a toujours dit Landsberg Kaufering. Quant au ghetto de Sosnowiec installé à Środula, il ne l'a pas connu, faute de temps.

Il a fallu que des témoins attestent sur l'honneur qu'à pied, à cheval ou en voiture, il avait bien suivi ce parcours. Certes, les deux compagnons sollicités ne l'avaient pas croisé dans tous ces lieux, mais le long séjour à Markstadt et les quelques mois à Birkenau (et non Auschwitz) n'allaient pas sans que l'on fasse des rencontres.

Nous sommes retournés avenue de La Bourdonnais. Ma mère et moi l'attendions au bas de l'immeuble, assis sur un banc, savourant un pain au chocolat. Les derniers détails se réglaient. En allemand et en français, de son écriture cunéiforme, il a écrit « lu et approuvé » et apposé sa signature. La firme Krupp s'engageait à réparer.

De l'eau a coulé sous tous les ponts du monde, l'eau de la Volga et des fleuves sibériens, l'eau du Mékong, l'eau du Tigre et de l'Euphrate. De l'eau est tombée sur les collines au Kenya, à Nyamata, au Kivu, de l'eau a effacé toutes les traces sur la surface du Río de la Plata dans lequel sombraient des corps. Je ne peux pas énumérer tous les lieux qui ont vu de l'eau couler. Quand il y en a, elle ne cesse de ruisseler. Nul ne propose de réparations.

Retrouvailles

Depuis deux ou trois ans, mes parents habitaient le pays que, jeunes mariés, ils n'auraient jamais dû quitter. Lui surtout se reprochait d'avoir renoncé. Je leur avais rendu visite fin décembre. Il conduisait une Subaru gris métallisé, il en était fier. Elle était dotée d'un radiocassette, qui passait en boucle les mélodies de Cole Porter.

Je lui ai demandé en quoi il la préférait au break 204 avec lequel il faisait ses livraisons (un break blanc qui pouvait circuler sur les Champs-Élysées et dans le bois de Boulogne). Il l'ignorait. Ce qui était sûr, c'est que la 204 ne disposait que d'un autoradio et que ça grésillait horriblement quand il cherchait les stations. Nous roulions vers la plage, à quelques kilomètres de son nouveau « chez lui ». Le ciel était gris, la mer agitée. Il avait eu envie de se promener avec moi, de me montrer cette plage bondée en été où il retrouverait sa bande d'amis français ou francophones. Un petit clan qui, le vendredi soir, jouait au rami selon des règles si peu contraignantes que c'était gâcher le plaisir. Après la défection de ma mère, il ne tarda pas à s'en lasser.

Deux ou trois ans plus tard, entre lassitude, vieillesse, maladies et décès, il n'est plus resté grand monde pour regrouper les transats sur la plage. Nos promenades sont devenues rares.

Avant de rentrer à la maison, nous nous étions assis à la terrasse d'un bar de plage. Autour de nous des hommes buvaient des cafés très serrés, ou des verres remplis d'une boisson fortement anisée. Ça parlait, ça discutait et se disputait autour d'un plateau en bois marqueté. Des dés claquaient, des jetons circulaient à toute vitesse. Sesh Besh. De Beyrouth à Bagdad, d'Alep au Caire, au même moment, des hommes jouaient. Ceux-là, autour des tables basses, n'étaient pas du même Orient. J'entendais la langue qu'ils parlaient et sans trop de certitude (j'en saurais davantage quelques années après, et l'émotion ne m'a plus jamais quitté), j'ai reconnu le grec. Quelques-uns arboraient des casquettes de marin. Et le pull qu'on supporte à l'aube, quand on sort avec la barque, ou le petit bateau à moteur, pour ramener des dorades ou des mulets.

Nous les avons regardés, mon père et moi, soudain plus curieux. Une marque verdâtre sur l'avant-bras. Mon père a lui aussi relevé la manche de son pull. « Birkenau ? » L'un des marins a dit

« août 44 ». « *Saloniki ! Saloniki ! Klepsi ! Klepsi !* » De vieux camarades de promotion. Ils avaient fréquenté la même université.

J'aime à rêver la vie de mes parents comme un film.

L'amoureuse ressemblerait à Ginger Rogers. Oh, pas sur le plan physique : blonde ou brune, ça lui serait indifférent.

Non : Salek s'approcherait comme Fred Astaire, Dora serait rétive, bougonne ou ronchonne, il ferait quelques pas de claquettes sur un plancher brillant, lui tendrait la main qu'elle prendrait, après un moment d'hésitation. Après, de danse en danse, et jusqu'au générique final ils ne se quitteraient plus. Cela, Salek le rêvait lors de la double séance du dimanche, tandis que l'antenne de la RKO envoyait ses éclairs dans le ciel.

Mes deux étoiles se sont rencontrées dans une chambre d'hôpital. Ils étaient venus l'un et l'autre rendre visite à une connaissance, un ami pour l'un, un lointain cousin par alliance pour l'autre. Ils avaient dû se placer de part et d'autre du lit, et Salek avait engagé la conversation avec le malade. Elle l'avait écouté, n'avait rien dit. J'en suis sûr.

Je ne suis pas sûr en revanche que la jeune fille brune ait vu des films de Ginger et Fred. Quant à danser…

Rencontrés ? Retrouvés ? Au plus profond de lui, il avait senti la présence à ses côtés, dans la salle de cinéma, de cette jeune fille silencieuse, un dimanche comme les autres à Sosnowiec avant le désastre. Tout cela, c'est question de « bonne étoile ». On peut ne pas y croire.

Charles. 17 594. Charles Baron. Ami ? Compagnon ? Frère ? Quand il le voit pour la première fois, la face de Charles est teintée de rouge. Ce rouge, c'est la poudre des munitions que le gamin (il n'a pas seize ans) remplit. Ils partagent le même châlit, voyagent dans les mêmes convois, sont marqués du même tatouage au même moment ou presque. Toute leur vie durant, jusqu'à ce que la nuit de la vieillesse emporte Charles, ils se retrouveront. « Tu te rappelles, les fraises, à Birkenau ? » C'est Charles qui lance la plaisanterie. Il faut un instant pour que son ami réagisse.

Sur une photo, ils sont de face, une manche retroussée. J'ai pris leur avant-bras gauche en gros plan. C'est leur nom et leur histoire, fraternelle.

Dora n'a jamais connu de retrouvailles. Elle a appris par des témoins ce qui était arrivé à son père en juillet 42. Face à ce qu'il voyait, entendait, il n'avait pas espéré et s'était jeté contre les barbelés d'Auschwitz.

Une vie plus tard, épouse aimée, mère, grand-mère et plus encore, elle est restée l'orpheline qui n'a nulle tombe sur laquelle se recueillir.

Sur le cours de Vincennes, le faubourg Saint-Antoine et le boulevard Beaumarchais, les amortisseurs de la 4CV et de la Simca Aronde Étoile Super 6 ont été mis à rude épreuve. Nous roulions vers la mairie du 3e arrondissement où, un dimanche d'hiver, pendant des années, avait lieu le bal d'Auschwitz. Je précise : l'ellipse ou le raccourci pourrait choquer. L'amicale d'Auschwitz rassemblait des rescapés qui se donnaient des nouvelles. Des souvenirs, pas très bons, affleuraient. On évitait de relever ses manches de chemise masquant l'avant-bras : il valait mieux penser à l'avenir et vivre le moment présent. Autour de la table, on annonçait mariages et naissances, on parlait, la mine contrite, de la morte saison ou, avec fierté, de l'entrée d'un fils à Centrale ou aux Mines, du diplôme de dentiste d'un autre ou de l'inscription au barreau de l'aînée. Personne, apparemment, n'avait de fils tailleur ou menuisier. Un serveur apportait du hareng ou proposait du *Käsekuchen* : autre manière pour les convives de se sentir bien vivants. L'animateur de la soirée annonçait la loterie. L'orchestre entamait un morceau. Les danseurs (les plus jeunes et plus habiles) reconnaissaient un paso doble et suivaient le rythme. On s'émouvait quand la chanteuse interprétait *Belz* avec des trémolos dans la voix. Liliane nous a donné, à Betty et à moi, une pièce. Ma sœur a emporté une fausse Barbie. J'ai gagné un 33 tours. En couverture figurait *La Maja desnuda*. À l'oreille, des extraits de *Carmen* et autres espagnolades. J'étais déçu. Je n'aimais déjà pas Bizet.

Nouvelle famille

Avec le départ de mon père dans la voiture blanche, un matin de septembre, les couples de patineurs qui brillaient dans leurs justaucorps pailletés ont quitté le rectangle de glace. Et avec eux les ours, les élans et les lynx, les lions, les antilopes et les buffles, toute une faune de la toundra et des savanes, les calottes glaciaires ont fondu avec le soleil, envahissant le salon que mon père habitait depuis deux ans. Habitait, pas vraiment : installé là, dans un lit médicalisé, pour qu'il reste présent parmi les siens.

Ma mère allait et venait, petite fourmi affairée – mais à quoi ? –, cherchant quelque chose peut-être, ayant oublié ce que c'était. Elle s'approchait de lui, posait sa main sur le sommet de son crâne, les cheveux se faisaient rares, elle mettait cette main sur le front, comme si elle prenait sa température avant de s'éloigner en poussant un vague soupir. Un mot de yiddish traduit ce soupir : *nebekh*. Il faut prononcer le « kh » comme un

« h » aspiré ou écrire *nebach*, à l'anglo-saxonne, et deviner le ton juste, résigné ou désespéré pour dire ce « malheureusement » ou « hélas ».

Pendant quelques jours, les animaux s'étant fait la malle en même temps que les patineurs et les tennismen à l'air égaré qui ahanaient sur le court, l'écran est resté noir. Mes deux vieux parents, en ces dernières années, avaient passé bien des heures devant un écran noir. Le soir, le silence était sinistre, pas pesant, non – ils n'avaient rien à se reprocher –, mais triste. Personne ne disait mot et derrière eux le téléviseur se taisait.

Quand ma mère a rendu vie à son écran, c'était pour regarder *Motus*, une émission de jeu en fin de matinée, avant le déjeuner. Elle ne se mettait pas à table avant d'avoir participé à la compétition. Des lignes s'affichaient, des lettres clignotaient, un bruit de tiroir-caisse ou de fête foraine annonçait le début. Au milieu de l'écran, l'animateur modérément enjoué disait quelques lettres et il fallait deviner le mot. Ma mère n'hésitait pas. Son vocabulaire était plus riche que je ne le croyais et elle donnait les mots de dix lettres avant les candidats entraînés et vaillants. Elle se trompait souvent, applaudissait le vainqueur, comme si elle était présente puis recommençait à jouer, lançait un mot, et chaque jour ainsi.

L'émission a disparu puis réapparu sur un site internet. Et notre mère s'est remise à jouer, passant à table lorsque le générique de fin annonce l'heure de dîner, enfilant sa tenue de sieste, la même que pour aller dormir, le soir vers vingt heures.

Ma mère ne sait pas très bien se servir de la télécommande et le lecteur de DVD reste un objet mystérieux. Elle choisit un film que Bernard glisse dans la trappe et lance. Elle ne bougera pas avant la fin. Nul ne sait ce qu'elle retient des images qui défilent. De même, elle peut tourner les pages d'un livre sans que nous comprenions vraiment ce qui se passe en elle.

Du jour au lendemain, son appartement est envahi par une cohorte de personnages, un clan, un groupe ou une troupe – David et César se disputent Rosalie, François insulte Lucie et se met en colère en découpant un gigot, tandis que Vincent, triste à mourir, divorce d'avec Catherine. Heureusement Paul et Julia s'aiment comme au premier jour.

Claude Sautet s'est invité dans notre famille. Il l'enrichit. Notre parentèle est bien maigre, fauchée, anéantie, pour les raisons qu'on connaît, et Claude nous entraîne dans les bistrots enfumés, les maisons de campagne et les résidences secondaires à l'île d'Oléron. On se retrouve tous chez Clovis, on ouvre des bouteilles, on s'apostrophe, on prend la mouche, on s'engueule, on rigole un bon coup, et quand on sort de cette brasserie de Nanterre, Vitry ou Pantin, la pluie tombe à verse et il faut courir jusqu'aux 504 ou R16 dont les portières claquent bientôt. On s'ennuie rarement en famille.

Ma mère revoit à l'infini ces films sans rien dire. Avant, longtemps avant, son magnétoscope enregistrait tous les épisodes de *Boulevard du Palais* et autres feuilletons du vendredi soir. Le samedi matin, elle s'installait sur le canapé. Mon père était parti au *Country* pour faire son sport et causer avec les vieilles connaissances. Ou bien, si c'était l'après-midi, il avait provisoirement coupé le fil ininterrompu des infos sanglantes du jour. Le bus avait explosé, les secouristes s'affairaient autour pour collecter des fragments de corps, une basket, un sac à main, quelque autre objet. Cela se répéterait toutes les cinq minutes, d'une chaîne à l'autre, inlassablement. On entendrait des réactions indignées, horrifiées, vengeresses. L'attentat ne resterait pas impuni, proclamait les leaders qui défilaient à l'écran.

Ma mère était *Quai des Orfèvres*, dans un bureau grouillant de flics et de suspects menottés, ou bien elle accompagnait les enquêteurs vêtus de combinaisons, effectuant les premiers prélèvements sur la scène de crime.

Elle préfère désormais les rodomontades de César à ces séries oubliées, et elle a pour David les yeux de Rosalie. Elle reste persuadée que la jeune femme aurait dû faire sa vie avec lui. César est trop hâbleur, trop sanguin aussi. Quelque chose de notre cousin Jules. Ma mère ne leur donne aucun conseil. Si je la questionnais pour avoir son avis sur ce trio qu'elle invite un jour sur deux, elle ne comprendrait même pas ma demande : César et David sont dans un film, non ? Elle n'aime pas les gens qui se mettent en colère et François ne serait pas de ses hôtes, mais elle ne se prononce pas sur son renoncement aux idéaux de jeunesse quand, jeune médecin, il croyait au communisme. Elle-même a pleuré le 5 mars 1953, mais elle plaide l'ignorance quant aux crimes de Staline.

Ma mère a ses rituels : la chaise proche de l'écran, le déambulateur comme appui pour les bras, Bernard à la manœuvre, glissant le DVD dans la fente de l'appareil qu'il a allumé (une télécommande pour le téléviseur, une autre pour le lecteur). Il a réglé le volume sonore (et retiré les piles car elle jouait avec la commande, amplifiant le son de manière brutale) et tout cela, comme la messe ou autre culte, après qu'elle a choisi parmi ses DVD. À un moment ou à un autre, César fera irruption dans l'atelier de David pour lui casser la figure, à moins que Vincent, accablé par les dettes accumulées, ne jette l'éponge. Il aura cassé un œuf dur sur le zinc de Clovis, fumé une énième clope, appelé Catherine pour lui dire que – mais non, il a raccroché – ces hommes ne comptent pas sur ma mère pour leur dire quoi faire. Les conseils ne sont pas son fort.

Mains

Les dernières photos que j'ai prises de mon père datent de juillet 2018. Cette date est inscrite dans mon calendrier personnel, de façon secrète comme celle des photos enregistrées dans l'ordinateur. Deux mois plus tard, une alvéole d'une petite tour du cimetière accueillerait le linceul contenant son corps. L'endroit ressemblait à un parking. On y accédait par une rampe. Il aurait aimé.

J'examine parfois les photos de ces derniers jours-là. Derniers pour moi. Je ne le savais pas, mais il était clair que tout vacillait. D'un instant à l'autre, il pouvait basculer. Betty m'en avait envoyé d'autres, son amoureuse à ses côtés, assis sur le canapé en cuir noir. Ils se tiennent par la main. C'est elle qui a dû lui prendre la main. S'est-il laissé faire, ou plutôt a-t-il voulu cette main dans la sienne ?

En juillet, un matin qu'ils étaient assis sur le balcon, elle dans un siège de jardin en plastique blanc, lui dans son fauteuil à roulettes, je les ai photographiés. Elle regardait vers moi, radieuse comme une touriste en croisière, lui, perdu, les yeux dans le vague, à moins que son attention n'ait été sollicitée par le va-et-vient des livreurs devant le Cours des Halles. Tous les vendeurs connaissaient et appréciaient ce vieux monsieur courtois et discret qui ne tripotait pas les fruits sans les acheter, estimant souvent la marchandise médiocre ou trop chère. Non, je ne crois pas qu'il voyait les marchands. Le flou l'emportait, plus rien n'avait d'existence tangible sinon (je l'espère) la main de sa bien-aimée serrant sa main.

Je n'osais pas lui serrer les mains, ce que son petit-fils Raphaël avait fait en janvier 2018. Mon père avait laissé sa main aller et c'est comme si le petit-fils le congratulait. J'aurais dû oser, mais entre lui et moi la pudeur était telle que nous nous retenions de nous dire combien nous nous aimions. Son amoureuse, heureusement, avait moins de prévention, après avoir longtemps caché à quel point il comptait pour elle.

Ses mains ont toujours été son premier outil. Si j'avais pu les filmer en gros plans, montrer comment de métier en métier il s'en servait ainsi, ç'aurait été un long film comme je les aime. On aurait vu celles du plombier devenir celles du tailleur, celles du teinturier, mais aussi du bricoleur ou du cuisinier. Je suis passionné par les films où un individu ou un groupe se doit d'être inventif avec ses dix doigts, d'inventer des solutions avec rien. Parfois l'homme ou le groupe parvient à sortir d'une prison grâce à des gestes soigneusement calculés et à l'usage avisé et adéquat du moindre objet. Dans *Un condamné à mort s'est échappé*, le résistant emprisonné par les nazis à Montluc n'a pas beaucoup de temps. Il risque d'être exécuté. Ses ressources sont des plus minces. Il réussit son évasion alors que tout était contre lui.

Mon père n'a jamais vu ce film, je ne sais pas s'il l'aurait apprécié. Les lieux dans lesquels il avait, lui, été enfermé empêchaient toute fuite.

J'ai cherché, dans une encyclopédie visuelle, le lexique pour décrire une chemise. Pas tant parce que lui et moi partagions une sorte de passion pour ce vêtement – son placard en était rempli, le mien aussi –, mais surtout parce que j'aime ces termes techniques rares. Je voulais retrouver l'ordre des gestes qu'il m'avait montrés, apprendre comment un professionnel repasse une chemise.

Il installait la lourde table dans son atelier, branchait le fer et commençait : le col d'abord, les empiècements et les manches, tout cela posé bien à plat pour empêcher le moindre faux pli. Il s'y reprenait de nombreuses fois, si nécessaire. Il s'attaquait au dos, puis à chaque pan, apportant un soin particulier à la patte de boutonnage. Ce travail minutieux durait longtemps. Il parlait peu – peut-être préparait-il son discours ultérieur. Il s'appliquait, vérifiait que rien ne clochait avant de sortir du porte-cintres une nouvelle chemise. Je ne crois pas qu'il m'ait regardé faire. Il n'était pas formateur dans l'âme. J'ai essayé de retenir les leçons et je ne sors jamais le fer à repasser et la table sans penser à lui.

Quand il a été réduit à l'immobilité, ses mains sont devenues inutiles. Il n'en faisait presque rien. Tout est dans le presque. Le geste amoureux. Au début, il a pu tenir une fourchette. Ça a duré un temps. Les aliments, très rares dans son assiette, allaient lentement vers sa bouche. Bientôt, Bernard lui a donné à manger. Il nous regardait, sans dire le moindre mot, et ses yeux bleu-gris exprimaient son désarroi, son impuissance. Parfois il souriait, sarcastique. Quelque chose s'était retourné en lui. Il devait enrager et nous le signifiait. J'interprète peut-être. Un fils qui ne comprend plus cherche des explications. Ce qui arrivait à cet homme en ce grand âge me paraissait incompréhensible. Et injuste.

Je me rappelle un moment de grâce. Je me le rappelle avec ma mémoire d'amateur de peinture sacrée. Voir une *Pietà*, une *Mater dolorosa* ou une

Descente de croix peut éveiller en moi des émotions qui me rendraient croyant.

C'est donc un soir d'été, la nuit tombe tôt, brutalement. Nous sommes assis à table. Le dessert arrive. Une pêche juteuse que ma mère a coupée en petits bouts. Elle lui glisse un morceau dans la bouche, ses mains à lui restent invisibles, à moins qu'il ne les ait posées sur la nappe. Le jus coule sur son menton. Elle se hâte de le lui essuyer avec une serviette en tissu. Elle sait combien il aime les fruits. S'il mange de petites portions du plat principal, on dirait qu'à l'instar des enfants il se réserve pour le dessert. Elle lui tend un autre morceau. Je pourrais prier pour rendre grâce de ce que je vois.

Sur une autre photo prise en avril 2018, il est assis dans le fauteuil roulant et me fait face. Le store est baissé ; une lumière douce éclaire son crâne, ses cheveux blancs. Il est assis légèrement de biais, le corps voûté comme si ses bras, pourtant bien maigres, lui pesaient. Je ne vois pas ses mains dans leur entier. Elles sont proches l'une de l'autre. Je regarde son visage, ses yeux qui ne me voient pas, résignés. Il est en chemin vers un ailleurs. Pour tenir le volant de la voiture blanche, il n'aura pas besoin de toute son énergie.

Ou encore ce moment dont je ne me souviens que par le récit de notre cousine Jacqueline :

« Vous étiez descendus à Cannes, avenue du Parc de Madrid, chez mon père. Été 67. Un matin, je n'ai pas vu tes parents au petit déjeuner. On le prenait ensemble d'habitude, avant que j'aille travailler. J'ai toqué à leur porte. Elle s'est ouverte ; ils l'avaient mal fermée. Ils dormaient encore, enlacés. »

Ils sont arrivés se tenant par la main
L'air émerveillé de deux chérubins.

Voilà pour moi l'une des plus belles chansons d'Édith Piaf. C'est une tragédie miniature que raconte la chanteuse. Rien n'est plus simple, plus juste.

Ma mère qui me chantait « La Complainte de la Butte » ou « Comme un p'tit coquelicot » n'a jamais chanté cet air-là. J'ai envie de penser qu'elle s'arrêtait à ces deux vers. Ils résument leur vie ensemble. Oui, toute leur vie.

Prêter sa voix

L'été dernier, j'ai reçu, comme pas mal d'autres, un courriel du Mémorial de la Shoah. Les responsables du musée cherchaient les derniers témoins de ce « vent printanier » qui en juillet 42 avait balayé Paris et sa proche banlieue d'une partie de sa jeunesse et de sa vieillesse. J'ai répondu que je n'étais pas témoin, mais que je détenais des enregistrements de ma mère. Elle l'avait été, et actrice avec ça. Oui, actrice : le même mot vaut pour Danielle Darrieux, Louise Carletti et Dora Haber.

Ma mère ne témoignerait plus, elle n'habite plus en France et ne voyage plus, ni par nécessité ni par plaisir, à supposer qu'elle ait eu du plaisir, un jour, à voyager. Le médicament qu'elle prend, assez efficace pour la rendre sereine, apaisée, affecte sans doute sa mémoire : elle sait qui elle est, où elle est et ses sentiments pour les siens restent intacts, mais les années se brouillent et elle n'a plus envie de revenir à l'été 42 – ni à ce qui le précède ni le suit.

Je voulais bien donner les enregistrements qu'avait réalisés mon neveu dans le cadre de ses études, et les miens, un jour que je la questionnais sur le 16 juillet, passé 41, boulevard Ornano. J'acceptais aussi de témoigner pour elle. En somme, elle était à l'image, je faisais le doublage son.

Je serai la voix de ma mère, pendant deux heures, interrogé par un historien disposant déjà de mes réponses à un questionnaire écrit. Sur la feuille de papier, j'ai écrit « je ». Toutes les questions étaient posées au masculin, je les ai modifiées pour que le féminin se lise. Et j'ai emprunté ce féminin dans mes réponses.

La responsable du projet qui m'avait envoyé ce questionnaire avait voulu me simplifier la tâche. Je pouvais ne pas répondre à toutes les questions, ou bien le faire brièvement, en style télégraphique aussi. J'ai préféré rédiger. J'avais besoin de phrases complètes, aussi courtes soient-elles. Je me mettais à la place de ma mère et j'imaginais mal qu'elle réponde en style télégraphique. Non, son style à elle est plus dans la digression, le coq-à-l'âne et, au détour d'un développement attendu, la surprise. Des historiens et archivistes devront redoubler d'attention pour suivre ses récits labyrinthiques.

C'est toute une façon ; un peu la mienne aussi, quand je jubile à dire.

Je ne devais pas m'égarer. Je devais faire bref, rester factuel. Pourtant, à certains moments, l'émotion affleurait, surgissait. Je me sentais très proche de cette enfant courageuse, inconsciente et lucide à la fois. Je me suis rappelé les formules magiques qu'elle utilisait dans l'adversité, face à la bêtise bovine de certains fonctionnaires de police : « Mon père est prisonnier de guerre » ou « Nous sommes des réfugiés d'Alsace-Lorraine ». Il se trouvait bien, alors, une marchande de quatre saisons ou quelques personnes attendant leur tour au commissariat pour défendre cette môme contre les imbéciles à képi.

Je ne crois pas avoir répété les formules rituelles qui la sortaient d'affaire. Tout cela lui appartenait, et elle n'était pas là, face à la caméra.

Je n'aurais jamais pu prêter ma voix à mon père. Nous avions le même timbre, on nous prenait au bout du fil pour des femmes (cela continue pour moi), mais ce qu'il racontait n'était qu'à lui et sa façon de le raconter plus encore. Autant que sa voix, il y avait son corps, son visage aussi. Il y avait ses silences, ce qu'il ne pouvait pas dire. Il ne disait rien des périples en train. C'était trop.

Est-ce qu'il l'a dit devant la caméra de la Fondation Spielberg ? Je n'étais pas présent dans notre salon, pour l'enregistrement. Lors de ce témoignage, je le revois, habillé d'un costume, d'une cravate en laine sur une chemise bleue soigneusement repassée avant. Il est assis bien droit sur un siège face à l'objectif. Mon père était encore un jeune homme de soixante-dix ans, vif, énergique, toujours sur la brèche. Hors champ, un historien lui pose des questions très précises, faisant partie d'un strict protocole. Ces films seront classés dans des archives, on pourra les voir à la demande, on en gardera une cassette dans chaque famille de témoin.

Pourquoi n'ai-je jamais regardé ce document en entier ? Mes vagues réponses valent ce qu'elles valent, mais ce sont de mauvaises excuses. Je croyais tout savoir de son histoire. Ou bien je me cherchais. C'est ce qu'on dit des hommes avant qu'ils ne deviennent pères. (Or père, je l'étais déjà.) Peut-être la peur d'apprendre ce que j'avais longtemps ignoré ? De ne pas être à la hauteur ?

Bien plus tard, j'ai écouté ses enregistrements sur cassettes audio. Il s'y exprimait sans la contrainte liée au protocole. Je me suis rendu compte qu'en effet j'ignorais bien des moments de sa vie, de son enfance à sa jeunesse d'homme libre, en avril 45. Ce que j'ai appris alors ressemblait à ce que de nombreux témoignages relatent, souvent de façon épique, parfois sans effet particulier. L'ordinaire d'un cauchemar qui dure.

Je n'aurais pas pu parler pour lui. J'ai pris du papier et un stylo. Ce silence me convient.

Images qui ramènent à la vie

Des mois ont passé. Des mois sans tenir le stylo, sans former de phrases sur le papier à gros carreaux. Des mois sans envie, sans cette force venue de je ne sais où, ou plutôt de cette énergie qui s'épuisera une ou deux heures plus tard, le papier rempli de quelques paragraphes. Des mois vides, creux, sans la moindre émotion pour me guider, m'entraîner et rendre impossible toute autre activité qu'écrire.

Parfois une image franchit le mur dont je me sens cerné, mur d'indifférence ou, pire, mur des habitudes. Il faut rester patient, savoir attendre. Mais quoi, et jusqu'à quand ?

Une fin de matinée, je suis dans la cuisine, épluchant des pommes ou préparant un plat. Une émission de radio occupe mon attention. L'animatrice a placé une pause musicale. On écoutera le choix de son invité. Je connais la chanson, son rythme vif, entraînant. La vieille chanson enfantine du « P'tit train ». Cette version n'est pas celle des goûters d'anniversaire. Les enfants ne la connaissent pas.

Petit train où t'en vas-tu ?
Train de la mort
Mais que fais-tu ?
Le referas-tu encore ?

C'est le refrain que reprend Catherine Ringer d'une voix aiguë. L'invité n'a rien à expliquer. Pour dire l'essentiel, on se tait, ou on digresse. Ce petit train et d'autres traversent la campagne et nul ne voit rien.

Des années ont passé et je retrouve mon père. Il est là, présent à travers les photos de Patrick Zachmann, l'invité d'un soir à la radio, celui qui avait souhaité écouter la chanson des Rita Mitsouko. Il est là celui que j'ai perdu en 2018. Il est là sans qu'apparaisse son visage.

Je contemple des photos de survivantes tendant vers l'objectif leur avant-bras gauche. Mon père n'a pas connu 55 196, 42 008 (le troisième des cinq chiffres se lit mal), pas davantage 27 377 et 27 435. Ces deux femmes-là, internées dans le même camp, portent des numéros très proches, sans doute tatoués à peu de temps d'intervalle.

Elles se rencontrent quarante ans après s'être côtoyées.

Je pense à 16994 et 17602.

Ont-ils croisé 68233 ? C'est un homme, peut-être du même baraquement. Il porte des lunettes à verres teintés et grosse monture, il regarde l'objectif. Il sourit légèrement. Question de courtoisie.

Sur un mur blanc couvert de cadres irréguliers, traits de crayons, interpellations, questions, adresses lancées au hasard, des personnes ont écrit le nom de la ville natale que me racontait mon père. On lit aussi Targowa 14. Dans le même cadre, je lis NETANYA Jabotinski 4, Uruguay, et La Paz 1970. Bergen-Belsen. La formation des « r » est celle que je voyais dans les mots de mon père. L'intérieur d'un avant-bras marqué A 15055 cache une partie de ce mur. La main serre un mouchoir en papier. Je suis sûr que mon père était présent à ce premier rassemblement mondial des survivants de la Shoah. Rien ni personne n'aurait pu l'en empêcher.

Dans une autre salle de l'exposition, mon père me fait signe. Je vois sa silhouette, son ombre dans une boutique de gros, rue d'Aboukir, dans le Sentier, cette petite Égypte de Paris. Un commerçant pose en légère contreplongée devant ses vêtements en fourrure. Sur une autre photo, dans un cadre qui se veut luxueux, moulures, lustres de style classique, dorures et bureau imitation Louis XV, un homme est assis. Devant lui un téléphone blanc, des stylos. Il vend de longues robes de soirée, des tenues de gala. On verrait les mêmes à Samarcande, Istanbul ou Tunis. Ou boulevard Magenta, dans les magasins que fréquentent les Indiens et les Sri-Lankais. Troisième boutique, un capharnaüm, étouffant. Un escalier mène à l'étage. Au fond un homme assis, sur un mur bombé, le papier peint vieilli a pris l'humidité. Le commerçant a gardé sa casquette sur le crâne. Sa tempe repose sur son poing gauche fermé. Est-ce qu'il réfléchit ? Est-il accablé ? Son bureau est en désordre, comme s'il n'y arrivait plus. Les piles de jeans s'entassent et font écran. Des rangées de blousons sur cintre débordent des portants. Ils attendent le client. Question de patience, là encore.

Mon père livrait ses jupes, robes et manteaux à des grossistes comme ceux-là. Pour le payer, ils sortaient des liasses de leur poche ; le comptable enverrait une facture. Ou pas. Mon père ne me l'a jamais dit. Je ne sais presque rien de lui au travail, en ces années-là. Je l'attendais dans la voiture rue du Caire ou rue d'Alexandrie, au cas où le contractuel passerait. Les aubergines arpentaient-elles déjà ces trottoirs ? D'autres femmes m'attiraient davantage, autrement habillées.

Ailleurs, dans la salle que je visite, deux hommes installés devant la table de coupe, sous des néons, assemblent les pièces d'un pantalon. Le mur laqué fait miroir. On distingue, en reflet, des photos dans des cadres : les enfants, la famille. Aucun mur laqué dans les ateliers successifs de mon père. Ni photos. Mais voir l'atelier me suffit.

Le photographe a consacré un court-métrage à son père, peu de temps avant qu'il ne meure, en 1997. Cet homme n'avait jamais rien dit jusque-là. Je l'écoute, et bien que leurs voix soient très différentes, plus grave chez ce père filmé, j'entends celle de mon père. Il aurait pu dire Belleville, il aurait pu prononcer le mot *yahné*, commère en yiddish, raconter la blague des jumeaux ou de l'immigrant qui prononce difficilement.

Une image du film *Shoah* ne me quitte pas. Celle de Motke Zaidel, cet homme qui, dans une forêt de Jérusalem, raconte à Claude Lanzmann les corps brûlés et enfouis dans la forêt de Ponar en Lituanie. Son visage est éclairé par un triste sourire.

« Pourquoi vous souriez tout le temps ? », lui demande le cinéaste. « Et quoi, lui répond le survivant, je dois pleurer ? Une fois on sourit, une fois on pleure. C'est ainsi. »

Je devrais l'écrire comme je l'entends, en yiddish. Pas besoin de connaître cette langue pour la sentir.

Le père du photographe raconte sa fuite vers la zone libre, les chantiers de jeunesse, le STO. Il faut se taire, cacher et mentir : trois verbes qui appartiennent au lexique des miens, trois verbes que je n'ai jamais conjugués au présent ni au passé. Le père hésite à trop en dire. Une plaisanterie ici ou là l'aide à s'échapper. Il faut préserver les apparences, garder le sourire. Derrière se tiennent les disparus, les effacés, les presque oubliés. *Presque* : tout est dans cet adverbe.

Mon père s'arrêtait aussi au bord du pire.

Le photographe filme son père et, dans ces derniers mois, cherche l'image juste, « la bonne photo ». Son père le regarde, un mince sourire : c'est ça.

Les dernières photos de mon père, celles que j'ai tenté de prendre, le montrent attristé, accablé, ou seulement résigné. Seulement, c'est énorme. Il ne me regarde pas, les yeux tournés vers la cour que l'on voit de son balcon. Est-ce qu'il regarde, d'ailleurs ? Je crois que son regard est intérieur, tourné vers un paysage d'enfance. Il voit les cousins, les courses sur la glace, la table dressée un vendredi soir par sa mère et ses sœurs. Il est seul avec elles, son père viendra bientôt de l'atelier. J'ai envie de croire que mon père est apaisé.

Revenir

Deux ans sans pouvoir venir. Je retrouve enfin ma mère, ma Dora, dont les yeux s'ouvrent grand lorsque je parle sortie, promenade dans le parc et arrêt au « café-café ». Et je boirai un Coca ? Elle a huit ans, je suis son père, ou l'adulte avec qui elle fera la balade. Rien de plus heureux ne peut nous arriver.

Elle ne parle pas beaucoup. Elle reste allongée sur son canapé, lisant des pages, je ne sais pas trop lesquelles, ni avec quelle attention. Un paisible silence règne. Oui, paisible, serein, pas celui des personnes qui n'ont rien à se dire ou qui se taisent pour éviter les mots coupants comme des lames, non, un silence sans nuages.

Je dois sortir. Elle s'en inquiète un instant, comme si je partais, guette la porte d'entrée. Ma valise bouclée n'y est pas, elle se rassure. « Mais non Maman (je la réconforte, l'embrasse), tu sais bien que je dois marcher. » Elle retourne à sa lecture et son visage est bientôt caché par le livre.

Cette ville est en partie la mienne ; je la fréquente depuis 1966. J'ai hâte de revoir des lieux familiers. Des lieux très ordinaires, sans charme, sans intérêt. Mais ils sont mon histoire avec la banlieue. Je passe devant le Cours des Halles que mon père fréquentait. J'aurais dû mieux m'habiller. Sur le mur, au fond, une immense photo en couleur du patron, chemise blanche et grand sourire devant son étal de fruits. Un ciel bleu sans nuages sert d'arrière-plan. Des clients remplissent des sacs plastiques sans prêter la moindre attention à cette affiche brillante.

Les éventaires débordent d'oranges et de bananes, de premières fraises sans saveur, masquant le local poussiéreux voisin d'un parti politique puissant, celui d'un chef, adulé comme un roi qui connaît désormais des déboires judiciaires. Il a été aussi triomphant que le propriétaire du Cours des Halles, on essaie de l'oublier. Son portrait reste plaqué sur la porte, à côté d'un panneau annonçant la bienvenue. Les adhérents ne viennent plus, pas davantage les curieux.

La boulangerie tenue par des vendeuses russes est toujours là et aussi l'envie d'y entrer. À quelques pas, la charcuterie tenue par Mendy est ouverte, et ce depuis plus de quarante ans. Le marchand faisait goûter ses produits au gourmand qui ne disait jamais non. Lequel gourmand entrait peu chez Avi. Chez ce papetier, j'achète les feutres fins qui m'ont manqué pendant ces deux longues années. On les trouve en France ; j'aime les acheter dans cette étroite boutique. De la puissance des rites.

J'arrive sur la « Place Rouge », en passant entre les deux restaurants. Les assistantes thaïes ne sont pas arrivées, il est un peu tôt pour sortir les chaises roulantes et leurs vieux patients. La place est silencieuse, inchangée, alors qu'une affiche en annonçait la rénovation. Je pensais la voir remplie de « hipsters » et autres « winners » assis aux terrasses de bar « trendy » en train de tapoter sur les claviers. Heureusement pas. Elle garde son allure est-allemande ou slovaque, du temps où les œuvres complètes de Marx ou Lénine ornaient les vitrines des librairies. Il y a longtemps que le temps s'est arrêté ici. Personne ne regarde sa montre.

Je marche au hasard dans la ville. Seuls m'arrêtent des détails. Une boutique vend des babioles, bricoles et autres broutilles qui décoreront des intérieurs chargés, comme on les aime ici. On est à trente minutes en bus de la « ville blanche », celle qu'on surnomme « la bulle », et où joggeurs, tatoués et autres sportifs bronzés jouent des muscles comme sur les plages de Californie.

Je me sens d'ici : j'aime la laideur qu'on expose dans les boutiques, les décorations très chargées, les rideaux épais aux fenêtres ou baies vitrées, j'aime les meubles en faux Louis XV, les suspensions en Murano de Chine que j'imagine dans les intérieurs occupés par des familles vivant autrefois à Nishapur, Ahvaz, Oufa ou Samara. On parlait le persan, le russe, d'autres langues arrivées du désert, de Damas ou de Sanaa, ou de bourgs sans âge au bord du Tigre et de l'Euphrate. Les gens ne cherchent pas à se distinguer et s'habillent sans réel souci de plaire. La ville est à leur image. Même les vitrines sont poussiéreuses, mal agencées et ce qu'on vend à l'intérieur ne fait pas envie. J'apprécie cette fadeur : nul, ici, ne se hausse du col. Je flâne, tirant mon plaisir du rien, du banal, d'un quotidien sans effet.

Glaner

Avant que tout s'éparpille, se disperse et disparaisse, je collecte, je ramasse, je grappille et je glane. J'aime ces quêtes gourmandes depuis l'enfance : je secouais le prunier pour que les reines-claudes se répandent sur la couverture étendue, je cueillais des fraises dans les allées terreuses.

Plus tard j'écoute des vieux airs chantés par Fréhel ou Germaine Montero, je contemple des photos sépia qui racontent ce qui n'est plus et qui me touchent comme si j'y reconnaissais les miens. Je conserve, je mets de côté ; comme les boutons, le fil et les ciseaux crantés, ça peut servir.

Ces dernières années, c'étaient leurs mots, leurs phrases que j'épinglais. Parfois ces billets écrits par ma mère en pleins et déliés, posés sur la porte d'entrée à l'aide de magnets. Il y avait aussi ces « À gogo ! » pleins d'enthousiasme ou ces « On fait aller » placides et fatalistes de mon père et j'entends sa voix, encore. Un jour, au téléphone, il me réclame six boîtes de Fixodent : « Je me demande si je les utiliserai toutes. » J'entends son sourire désabusé. Oui, entendre, c'est le verbe. Rares sont les phrases qu'il prononce au premier degré. Cette ironie, cette tendre dérision, ils viennent de loin, aussi bien dans le temps que dans l'espace. C'est mon plus précieux héritage.

Glaner, écrire, c'est un même geste. Je recueille au hasard. Comme ce jour de mai 41, au gymnase Japy, ce wagon rempli de soldats allemands pleins d'attentions, la Kommandantur d'Orléans, une histoire de faux papiers d'identité ou, à Argent-sur-Sauldre, cette claque de l'institutrice pour une faute d'orthographe. C'est le grain de raisin qu'enfant je conservais longuement dans la bouche.

« S'il ne continue pas ce livre, je le mets dehors ! », dit-elle à Jacqueline, lisant mes pages.

Avec l'âge et la maladie, des filtres ont disparu : l'ironie lui vient, le goût des piques et des formules assassines. Mais aussi, telle une gamine capricieuse elle se met parfois à l'écart, exprime sa mauvaise humeur et boude.

Ou le contraire. Un « Je t'embrasse mon trésor » conclut un coup de téléphone. Au « café-café » elle se blottit contre mon épaule, se laisse enlacer. Je me rappelle une phrase paradoxale que m'avait écrite Tiphaine : « Ces années de vieillesse, l'état de fragilité dans lequel nos parents vivent, c'est un cadeau qu'ils nous font. » Des soirs de juillet, ce mois de bascule si difficile, quand je bordais ma mère, que je l'embrassais avant qu'elle ne s'endorme, j'ai compris le cadeau.

Ma mère ne m'a pas mis dehors ; le livre qu'elle attendait, elle le lira.

Collection *La rencontre*

Serge Airoldi, *Rose Hanoï. Rencontres avec la couleur*, 2017
(Prix Henri de Régnier de l'Académie française 2017)

Nathalie Azoulai, Serge Toubiana, *Ozu et nous*, 2021

Jean-Christophe Bailly, *Café Neon, Chemins grecs*, 2021

Dominique Barbéris, *Un dimanche à Ville-d'Avray*, 2019
(deuxième sélection du prix Goncourt 2019, finaliste du prix Femina 2019)

Olivier Baumont, *Tombeau du jeune monsieur de Cinq-Mars*, 2021

Antoine Billot, *L'Année prochaine à New York. Dylan avant Dylan*, 2017

Philippe Bonnin, *Katsura et ses jardins. Un mythe de l'architecture japonaise*, 2019
(Prix P. J. Redouté 2021, Prix René Pechère 2020)

Véronique Bruez, *Ici habite le bonheur*, 2022
(finaliste du prix Jean-René Huguenin 2022)

Benoît Casas, *Venise toute*, 2022

Thierry Clermont, *La Balade de Galway*, 2021

Collectif, *La littérature est une rencontre*, 2016

Michel Crépu, *Beckett, 27 juillet 1982, 11 h 30*, 2019

Only rock and roll. Avec les Rolling Stones, 2022

Christian Doumet, *L'Évanouissement du témoin*, 2019

Hervé Dumez, *Incertain Paul Valéry*, 2016

Christophe Etemadzadeh, *La Vie sans savoir*, 2021
(finaliste du prix Jean-Jacques Rousseau de l'autobiographie 2021, Prix Khôra-Institut de France de l'essai littéraire 2021)

Élisabeth Foch-Eyssette, *On ne peut pas toujours voyager mais on ne peut pas toujours rester au même endroit*, 2018

Vincent Hein, *La Disparition de Jim Thompson*, 2021
(deuxième sélection du prix Femina 2021,
Prix Pierre Mac Orlan 2022)

Philippe Herbet, *Fils de prolétaire*, 2022

Stéphane Lambert,
Avant Godot, 2016
(Prix Roland de Jouvenel de l'Académie française 2017)

Fraternelle Mélancolie. Melville et Hawthorne, 2018

Visions de Goya. L'éclat dans le désastre, 2019
(Prix André Malraux 2019)

Paul Klee jusqu'au fond de l'avenir, 2021

L'Apocalypse heureuse, 2022
(finaliste du Grand prix de la non-fiction de la Société des Gens de Lettres 2022, finaliste du prix Jean-Jacques Rousseau de l'autobiographie 2022, finaliste du Grand prix du roman de l'Académie royale de langue et de littérature françaises de Belgique 2022, finaliste du prix Victor Rossel 2022)

Yannick Le Marec,
Constellation du tigre, 2021
(sélection du prix 30 millions d'amis 2021)

Le Grand Pillage, 2022

Thierry Le Rolland, *Les Papillons de Nabokov, le boomerang de Gracq*, 2021

Gérard Macé, *Le Navire Arthur et autres essais*, 2020.

Brice Matthieussent,
Les Jours noirs, 2019

Amérique fantôme, 2021

Akira Mizubayashi, *Dans les eaux profondes. Le bain japonais*, 2018

Sébastien Ortiz, *Dans un temple Zen, Rencontre avec Guillaume Apollinaire*, 2017

Benjamin Pelletier, *Les Années discrètes. Territoires de l'enfance*, 2018
(finaliste du prix Marcel Pagnol 2018)

Marc Petitjean,
Le Cœur. Frida Kahlo à Paris, 2018

L'Ami japonais.
Kunihiko Moriguchi, Trésor vivant et peintre de kimonos, 2020

Mathieu Pieyre, *Le Professeur d'anglais*, 2022

Olivier Rasimi,
Cocteau sur le rivage, 2019

Bébé, 2021
(première sélection du prix Renaudot essai 2021)

Patrick Roegiers, *Éloge du génie. Vilhelm Hammershøi, Glenn Gould, Thomas Bernhard*, 2019

Gemma Salem, *Où sont ceux que ton cœur aime*, 2019

Jean-Jacques Salgon, *Des graffs dans la nuit. De la grotte Chauvet à Judit Reigl*, 2021

Olivier Schefer,
Un seul souvenir, 2016

Une tache d'encre, 2017

Conversations silencieuses. L'art, la beauté et le chagrin, 2019

Un saut dans la nuit, 2021
(Prix Cesson 2022)

Bruno Smolarz, *Giorgio Morandi, les jours et les heures*, 2016

Brina Svit, *Le Dieu des obstacles*, 2021

Serge Toubiana, *Le Fils de la maîtresse*, 2022
(Prix Marcel Pagnol 2022)

Luc Vezin, *La Vie sans histoire de James Castle*, 2022
(finaliste du prix Roman-News Publicis Drugstore 2022, sélection du prix des lecteurs de Notre Temps 2022)

François Warin, *Au commencement la beauté*, 2020

Natacha Wolinski, *Son éclat seul me reste*, 2020

ACHEVÉ D'IMPRIMER
SUR LE CHEMIN
D'EDITH BRUCK
EN NOVEMBRE 2022
SUR LES PRESSES DE LA
NOUVELLE IMPRIMERIE
LABALLERY À CLAMECY
NIÈVRE

Maquette : Fanny Weiss

Numéro d'édition : 1324
Numéro d'impression : 210479
Dépôt légal : janvier 2023
Imprimé en France